대마왕

초판 1쇄 발행 | 2024년 2월 10일

지은이 박규동
발행인 한명선

책임편집 김수경
편집 김현주 장민아
제작총괄 박미실 **마케팅** 김현우
디자인 모리스

주소 서울시 종로구 평창길 329(우편번호 03003)
문의전화 02-394-1037(편집) 02-394-1047(마케팅)
팩스 02-394-1029
전자우편 saeum2go@hanmail.net
블로그 blog.naver.com/saeumpub
페이스북 facebook.com/saeumbooks
인스타그램 instagram.com/saeumbooks

발행처 (주)새움출판사
출판등록 1998년 8월 28일(제10-1633호)

ⓒ 박규동, 2024
ISBN 979-11-7080-038-5 03810

대마왕

박규동 장편소설

새흥

차례

청년 실업과 마약에 관한 이야기들이 자주 신문에 오르내린다.
가끔 기사를 읽으며 생각에 잠긴다.
아직도 생에 대해 불꽃 같은 희망을 품은
청춘들이 있기는 한걸까?

그래프와 통계들은 마약에 빠진 청춘들을 숫자로 보여주었다.
그런데, 그래서 어쩌란 말인가.
아무래도 숫자와 그래프는 공감하기 힘들었다.

이 이야기는 그 지점에서 출발하였다.
중독된 그들의 이야기를 직접 들어주기로,
왜 사람들이 그 세계에 탐닉하는지 말이다.

나에게 글을 쓰는 일은 상상력을 갖고 노는 놀이이다.
나는 문학으로 메시지를 전달하거나 계몽할 만큼 지혜롭지 않다.
그러나 누군가 내 글에 울고 웃는다면
나는 옳은 일을 하고 있다고 믿는다.

_박규동

돼지

이 나라의 손님들은 왜 서빙하는 사람을
자신보다 낮은 계급의 생물체로 인식하는 거지?

시작은 무더운 여름이었어.

대학에 다니고 있던 나는 친구의 자취방에서 의미 없는 시간을
보내고 있었지. 학점은 바닥을 치고, 내가 무엇을 하고 싶은지는
알 수가 없었어. 나태한 나의 정신 상태와 학점, 내세울 것 없는
스펙에 나는 알고 있었어. 나를 받아줄 회사는 없다는걸.

자취방을 소유한 친구의 별명은 돼지였어. 그는 하나도
뚱뚱하지 않았지만 늘 돼지라는 별명으로 불렸어. 아마도 다른
친구들에겐 반어법처럼 쓰인 걸지도 모르지. 나와는 고등학교
때부터 친했지. 형제나 다름이 없었어. 나와 같이 졸업을 앞둔
4학년이었어.

돼지 또한 나와 같은 생각을 하고 있었어. 원하는 것이
무엇인지는 모르겠다는 것. 그는 이탈리안 식당에서 접시를

나르는 일을 하고 있었어. 하루는 아주 열 받은 채로
집의 현관을 열고 들어왔어.

"아 진짜 이 짓거리 그냥 때려치울까?"
"왜. 무슨 일 있었어? 때려치우면 월세랑 등록금은."
"그냥 똑같은 진상 손님 때문에 열 받는 거지 뭐. 내가 식당에
앞치마를 두르고 돌아다니는 이유는 돈 벌기 위해서가 다잖아.
그 새끼들 식탁에 음식을 전달하는 이유는 그것뿐이잖아?"
"그렇지. 그게 전부지."
"그런데 왜 이 나라의 손님들은 서빙을 하는 사람을 자신보다
낮은 계급의 생물체로 인식하는 거지? 십새끼들이야 정말."
"그렇지. 그들의 테이블에 음식을 갖다준다고 해서
네가 더 낮은 계급인 건 아니지. 그래도 그만둘 건 아니지?"
"진상들한테 욕을 먹으면서라도 8시간씩 서 있어야지.
그래야 밥도 먹고 옷도 입지. 아주 기본적인 권리를 누리기
위해서는 욕을 얻어먹으며 살아야지 뭐. 고개나 숙이면서.
병신으로 살아야지."
"그러면 잠시 휴가를 가는 건 어때? 같이 여행이나 갈래?"

돼지는 항상 감정적이었어. 자신의 감정을 숨기는 걸
잘하지 못했지. 그런 이유에서 서비스업은 그에게 딱히 맞는

직업은 아니었어. 그가 성질을 못 참고 날뛰는 것을
계속해서 볼 수는 없었어. 그래서 나는 여행을 제안했지.
물론 그를 위한 여행만은 아니었어. 나 또한 이 모든 중압감에서
일단은 도망치고 싶었거든. 앞으로 무엇을 할지 어떤 자격증을
따야 할지 등등.

우리는 빠른 속도로 여행지를 검색하기 시작했어. 가까운
일본이나 중국은 가기 싫더라고. 최대한 멀리 도망가고 싶었어.
그렇다고 동남아의 휴양지는 가기 싫었어. 너무 뻔하잖아.
힘든 서울 생활에서 잠시의 여유, 동남아의 해변. 뻔한 그림은
피하고 싶었어. 우리의 선택은 미국 LA였어.

우리가 가진 돈은 많지 않았어. 사실 경제적인 이유를
생각한다면 여행이라는 계획 자체가 합리적이지 않았지.
나는 그때의 여행을 위해 내가 가진 중고차를 팔아야 했어.
우리는 다행히도 숙박비를 아낄 수 있었어. 고등학교를 같이
나온 동창이 LA에서 살고 있었거든. 우리는 그 친구를 늘
아티스트라고 불렀어.
물론 그림을 잘 그리고 창의적인 면도 있었지만,
집이 부자였거든. 지금은 이유를 기억하기 힘들지만
고등학교 시절, 우리에겐 부자들을 아티스트라고 부르는

이상한 농담이 있었어.

공항으로 향하는 길, 우리는 지하철을 타야 했어. 공항철도.
아마 그때 속으로 생각했던 것 같아. 좁아터진 지하철에
무거운 짐을 들고 몇 시간을 서 있는 게 여행의 일부라니,
더 나은 선택지는 없을까 생각했지. 나와 돼지라고 불리는
친구는 지하철에서 실없는 농담들을 나누고 있었지.
그는 아직도 그의 일터에서 생긴 일에 대해 말하고 있었어.

"여행 갔다 오면 개 같은 서빙 때려치울까?"
"때려치우면 다시 무슨 일을 구하려고?"
"그러게. 답답하다."
"여행이잖아. 그런 거 잊으려고 온 거니까 즐기자.
이 좁아터진 지하철을 즐겨. 지금 빠르게 달리는 전철에서
제자리 점프를 하면 우리는 같은 위치에 착지할까?"
"갑자기 무슨 소리야."
"전철이라는 공간은 계속 움직이고 있잖아.
그런데 우리가 발을 떼고 공중에 잠시 머무르면,
내려왔을 때 착지하는 위치는 같을까?"

나의 질문을 듣는 것과 동시에 돼지는 지하철의 한 노인과

눈 싸움을 하고 있었어. 그는 별로 사람들을 좋아하지 않았어.
고등학교 시절부터 나는 그의 싸움을 말리는 데 많은 시간을
허비했어. 나는 다시 한번 그에게 물었어.

"어떨 것 같냐니까?"

"뭐가?"

"빠르게 이동하는 물체에서 점프하는 거 말이야."

"야. 지구는 존나 빠른 속도로 자전하는데 네가 땅 위에서
뛰어도 다른 위치에 떨어져야 하는 거 아니야?"

우리의 아무런 가치 없는 대화는 공항에 도착할 때까지
계속해서 이어졌어. 공항에는 멋있는 사람들이 많았던 것 같아.
사람들이 무슨 옷을 입었는지 어떻게 생겼는지 물론 기억할 수
없지만, 그들에게서 받은 느낌은 아직도 생생히 기억이 나지.
나에게는 일생에 몇 번 있을까 말까 한 여행인데 그들에게는
뭔가 매일의 일상 같아 보이더라고. 뭐 결국 남의 떡이
더 커 보이는 거였겠지. 남의 떡을 모두 빼앗을 수 있다면
어떨까 생각했어.

나와 돼지는 티켓을 끊고 짐을 부친 후 수속을 밟았어.
공항에서 우리의 가방과 몸을 검사하는데 어째서인지
죄인이 된 기분이었어. 우리는 숨겨야 할 것이 아무것도 없었어.

문제가 될 물건들은 하나도 없었지. 그래도 왠지 공항에
돌아다니는 마약 탐지견들, 가방 내부를 수색하는 엑스레이들은
나를 불편하게 했어. 자유롭지 못한 기분이었지.

우리는 게이트 앞에 앉아 커피를 마시며 대화하고 있었어.
창밖의 드넓은 공간과 하늘, 그리고 비행기를 바라보는 것은
기분이 좋았던 것 같아. 돼지는 말했지.
"이게 매일의 일상이면 좋겠다. 일도 안 해도 되고
이렇게 자유롭게 자주 여행만 다니면 좋겠어."
"나 여행 끝나고 돌아오면 지갑에 6만 원 정도가 전 재산일 것
같아. 그게 일상이지."
돼지는 핸드폰을 만지는 나의 손을 바라보며 물었어.

"윤아한테 답장 안 오나?"
"절대 안 오지. 번호를 차단한 것 같던데."
"내가 볼 때 걔한테 너는 남에게 주기는 아깝고
자기가 갖기는 싫은 타입인 것 같아. 쌍년이라니까."
"답장하는 데 걸리는 시간과 빈도수를 보면 그게 아마
가장 정확하지. 그런데 내 생각에는 그 이유가 나의 전 재산이
6만 원이라는 거에 있는 것 같아."

우리는 웃으며 비행기에 탈 시간을 기다리고 있었어.

나는 핸드폰을 바라봤지. 누구에게도 연락이 오지 않았더라고.

고등학교 때만 해도 친구가 많았던 것 같은데 그 동안 무슨 일이

있었는지 잘 기억은 안 나네. 나와 돼지, 고등학교 때의 친구들은

사고를 많이 치곤 했어. 우리에게 맞았던 아이들의 피와 비명을

떠올리면 '사고' 이상이었지. 경찰서에 가던 일도 흔했지.

하지만 언제부터인가 나는 대학에서 책을 붙잡고 있는 게

경찰차의 사이렌 소리를 두려워하는 것보다 더 낫다는

생각이 들었어.

아마 돼지 또한 나와 같은 기분이었을 거야. 그렇게 우리 둘만

남게 된 거지. 돼지가 나를 놀릴 때 늘 이용하는 윤아라는

친구는 같은 과의 여자아이였어. 처음 입학했을 때는 나를 꽤

좋아한다고 생각했는데 점점 인간 취급도 받지 못했지.

궁금한 게 있어서 전화를 해도 나의 전화는 차단당하곤 했지.

비행기에 탄 우리는 창밖을 바라보고 있었어. 다시 돌아오지

않아도 된다면 좋겠다고 생각하고 있었지. 14시간의 비행을

위해 비행기는 이륙하기 시작했고 우리는 설레는 마음을 숨길

수 없었지. 우리가 항상 불평불만이 많기는 해도 이렇게 같이

해외로 여행도 다닐 수 있다는 건 분명한 축복이었어.

사람들이 바깥의 풍경에 관심이 식고 비행기의 덧창을 닫을
즈음 돼지는 바로 잠이 들었지. 그러나 나는 잠들 수 없었어.
14시간은 너무나도 지루했지. 옛사람들에게 하늘을 나는 일은
지루하다고 말하면 그들은 믿을까? 내 말은, 타임머신 같은 게
있다면 14세기나 더 이전으로 돌아가서 그들에게 말하는 거지.
미래에는 하늘을 나는 마차가 있는데 마차에 타 있는 시간은
너무나도 지루하다. 훗날 라이트 형제가 이 말을 듣는다면
화가 나서 비행기 만드는 걸 멈췄을지도 몰라.

긴 지루한 시간과 잡념이 끝나며 비행기는 LA에 거의 도착했어.
사람들은 다시 창밖을 바라보았지. 나 또한 캘리포니아의
넓은 하늘과 도시의 모습에 매료되기 시작했어.
땅에 발이 닿지도 않았지만 벌써 설렜지. 이미 나의 마음은
평생 이곳에서 살고 싶다는 생각에 잠겨 있었어.

우리는 목을 죄는 입국 수속을 마친 후 게이트를 빠져나왔지.
그저 이곳의 공항에 있다는 사실만으로도 기뻤어.
조금 과장해서 말하면 이곳 공항에서라도 살 수 있겠다는
생각도 했지.
영화 〈터미널〉의 톰 행크스처럼 말이야.
공항의 와이파이를 이용해 우리는 고등학교 동창,

아티스트 친구에게 연락했지. 그는 우리에게 택시 승강장에서
기다리라고 하더군. 아직 출발도 하지 않았다는 느낌을 받았어.
그렇게 우리는 택시들이 즐비한 곳에서 담배를 피우며 친구를
기다렸지.

14시간 만의 흡연은 천국과도 같았어. 돼지의 말이 잊히지 않아.

"담배가 몸에 좋은 거였으면 좋겠다."
"그러게. 수업시간에도 다들 담배 피우면서 필기하고 공부하고."
"그렇지. 머리 아프거나 배 아플 때 담배를 마구 피우는 거야.
그러면 모든 고통이 가시는 그런 거."
"네가 개발해봐. 몸에 좋은 담배."
"그럴까? 그렇게 쉬울 거면 너는 암을 고치는 약을 개발해봐."

신기하게도 이곳의 여름은 한국의 여름보다 훨씬 선선했어.
서울의 도심 한가운데서 익어가는 더위와는 조금 다른
느낌이었어. 그늘에만 있어도 시원하더군. 그늘에서 담배를
피우니 무릉도원 같았지. 하늘은 어찌나 넓고 높은지
믿기지 않았어. 서울의 하늘이나 LA의 하늘이나 분명 같은
하늘인데 말이야. 서울의 하늘은 늘 낮고 좁게 느껴졌다면
이곳은 높고 넓게 느껴졌어. 분명 하늘에 떠 있는 태양도
같은 태양일 텐데 말이야. 무엇이 그 변화를 만드는지는

아직도 모르겠어.

순간 우리 앞에 검은색 SUV가 멈추어 섰어.
그곳에는 우리의 고등학교 동창, 예술가 친구가 있었지.
고등학교를 졸업하곤 처음 보는 거였어. 5년 만이었나?
기억이 잘 나지는 않아.
그런데 그 녀석의 외모가 꽤 변했다는 인상을 받은 건 기억이
나지. 그는 차에서 내려 우리의 짐을 차에 실으며 농담을 건넸지.
그의 눈은 붉었고 말의 속도는 느렸어. 걸음걸이는 마치
해적 잭 스패로우와도 같이 비틀거렸지.

"내가 좀 늦었지? 그런데 여기선 다 그래. 다들 조금씩 늦어.
여유가 있는 거지. 얼른 타! 일단 집에 짐 풀고 밥부터 같이
먹자."
우리는 그의 차에 몸을 실은 후 지나치는 풍경들을 바라봤어.
야자수와 자유로운 사람들을 바라보았지. 잠시 해변을 지나치던
순간도 있었어. 어쩌면 예술가 친구가 우리를 위해 조금 돌아서
집으로 갔던 것 같아. 풍경을 보여주기 위해서 말이야.

그의 집에 도착한 우리는 차에서 무거운 짐을 꺼내
집 안으로 들어섰어. 역시 금수저는 다르다는 생각이 들더라고.

언덕에 있는 그의 하얀 집은 내가 꿈꾸던 삶을 담고 있는 것
같아. 우리는 우리가 묵을 방에 짐을 던진 후 바로 침대에
누웠지. 밥을 먹기도 귀찮았어. 너무나도 피곤했거든.

아티스트라고 놀림 받는 금수저 친구는 우리를 위해 피자를
주문했다고 말했어. 나는 피자가 올 때까지 집 안을 구경했지.
주방의 선반에는 어떤 약초가 가득 담긴 병이 있었어.
나는 예술가한테 물었지.
"이건 뭐야?"
"그거? 대마초. 여기선 합법이야. 다들 해. 술보다 훨씬 많이
하지, 사람들이."

호기심이 가장 먼저 생겼어. 다시 침대로 돌아온 나의 앞에는
컴퓨터가 놓인 테이블이 있었어. 예술가는 그곳에 앉아
무언가를 만들기 시작했지. 병에서 약초를 꺼내 그것들을
갈기 시작했어. 원형 모형의 어떤 통으로 말이야. 그는 그렇게
갈아진 약초를 얇은 종이에 뿌린 후 종이를 말았어.
그는 완성된 수제 담배를 나와 돼지에게 건넸지.
돼지는 긍정적이라 모든 시도에 늘 예스라고 대답했지.

우리는 침대에서 일어나 그것에 불을 붙인 후 한입씩 연기를

흡입하기 시작했어. 예술가 친구가 두 모금을 들이마신 후
내뱉지. 그러면 다음은 나의 차례였어. 나 또한 두 모금을
들이마시고 내뱉었지. 그리고 그다음은 돼지에게 갔어.
나는 이것이 나에게 어떤 느낌을 주기도 전에 이것과
사랑에 빠졌어. 어떤 이들은 이것에 취하는 것은 좋지만
이것의 맛이나 연기는 싫다고 하던데, 나에게는 어떤 향수보다
향기로웠어.

어지럽더군. 나와 돼지는 침대에 누워야 했어. 입이 마르기
시작했어. 세상이 빙빙 도는 것 같았지. 귀가 맵기도 했어.
지금 생각해보면 그때의 경험은 인생에서 딱 한 번밖에
경험할 수 없는 가장 소중한 순간이었어. 맨 처음으로 그것에
취하는 순간 말이야. 아티스트는 나와 돼지에게 잠들지 말라고
음악을 틀어줬어. 투팍과 아이스 큐브의 음악이었지.
"잇 워즈 어 굿 데이, 투 리브 앤 다이 인 엘에이It was a good day,
To live and die in L.A." 그 두 음악은 아직도 잊을 수 없어.
지금도 그 노래들을 들으면 맨정신에도 취한 느낌이 나.

나는 누워서 음악을 감상하기 시작했어. 그때 깨달았지.
왜 예술가들이 마약을 하는지 말이야. 나의 두뇌는 음악의
소리를 분해하며 음미했어. 그전에는 음악이 그저

나의 고개만 흔들게 했던 하나의 굵은 빛이었다면, 당시에는
음악이라는 빛이 프리즘을 통과한 것 같다는 느낌이 들더군.
핑크 플로이드의 앨범 재킷처럼 말이야.

투팍과 아이스 큐브 등 그들이 내뱉는 가사들을 모두
이해할 수 있었어. 그들이 왜 그런 사운드를 만들어냈는지
이해할 수 있었지. 그뿐만이 아니었어. 그러한 음악에 어울리는
세상을 나의 머릿속으로 그려낼 수 있더군. 나는 계속해서
눈을 감고 있었어. 눈을 뜨기 싫었어. 정말 행복했지.
살면서 처음으로 행복했어.
음악이 흘러나오는 와중에 아티스트 친구는 계속해서
자신의 생각을 내뱉었어. 그게 나중에는 마치 랩처럼 들리더군.
너무나도 많은 주장이 있었어.

"이게 사실은 술보다는 훨씬 건강한 거거든? 야 너희들
술 마셔봐라. 많이 마시면 간 손상도 생기고 의식도 잃고
심지어 어떤 사람들은 죽기까지 하잖아. 그리고 제일 큰 문제가
폭력적이게 돼. 폭력은 최악인 거야. 지구에서 가장 악한 게
무엇이냐 하면 폭력이야. 난 그렇게 생각해."

"근데 한국은 웃기지? 이게 불법이래. 그래 불법일 수도

있겠다 싶어. 생각해봐. 모든 사람들이 이렇게 헬렐레 웃고
다니면 나랏님이 보시기에 어떻겠냐? 그런데 내가 생각하는
진짜 문제는 말이야, 한국인은 외국에 나와서 이걸 피워도
불법이라는 거야. 너희들은 대한민국 정부의 소유물이니까
밖에 나가서도 대한민국의 법을 지키며 살아라. 이거지.
이거는 자유의 반대되는 개념 아닌가?"
음악과 함께 그는 계속해서 말을 이어갔어. 돼지는 눈을 감고
웃고 있더군. 마치 아티스트가 웃긴 농담이라도 한 것처럼
말이야. 그런데 그렇게 웃기진 않았어. 물론 지금 생각해보면
말이야.
그는 말을 멈추지 않았어.

"지금 미국 대부분의 주에서는 이게 합법이거든? 오락용으로도
합법인 주가 대부분이고 말이야. 우리나라도 그렇게 해보면
어떨까? 예를 들어 충청도에서는 합법 이렇게 말이야."

"이것이 유해하냐에 대한 갑론을박이 있는 건 알지?
이걸 반대하는 사람들이 맨날 하는 이야기가 관문 이론인데
그게 뭐냐면, 이렇게 유해성이 작은 마약으로 시작해서
나중에는 필로폰이나 헤로인 같은 아주 중독성이 짙은
아편류 마약에까지 손댄다는 거야. 개소리지."

순간 옆의 침대에 누워 있던 돼지는 말 그대로 개의 소리를
냈어. 우리는 그 상황에 어이가 없어서 웃음을 멈출 수 없었지.
모르겠어. 그게 그렇게 웃긴 건지는. 그런데 그때는 웃느라
눈물이 났어. 아티스트는 말을 멈추지 않았어.

"관문 이론이 개소리인 이유가 무엇이냐. 야, 여기서는 선이
명확해. 다들 알아. 대마 정도는 어차피 술과 담배처럼 합법이고
가끔 한 대 피우는 거지. 근데 정부는 사람들이 다 그렇게
대가리가 돌대가리인 줄 아나? 함부로 헤로인 필로폰에 손대게?
대마를 했다고 필로폰을 하는 게 아니거든. 아무 상관도 없지.
야, 심지어 여기서 몇 블록 가면 술, 약물 재활센터 있는데
거기서는 대마를 이용해서 다른 중독을 이겨내."

그가 말을 이어가고 있는데 현관의 벨이 울리더군.
내 심장이 뛰기 시작했어. 이곳에선 합법이라고는 해도
나는 무언가 두려웠어. 최악의 상황들을 생각했지.
예를 들어 경찰이 들이닥친다거나 하는 상황 말이야. 그러나
아티스트는 아무렇지도 않게 한 모금을 더 들이마신 후
현관으로 향했어. 드디어 피자가 도착한 거지.
인간은 살면서 현실에서보다 자신의 상상에서 더 많은
고통을 받는다는 이야기가 생각이 나더군. 어쨌든 우리는

침대에 피자를 올려놓고 먹어 치우기 시작했어.

피자에서 김이 났어. 찢어지는 치즈와 떨어지는 페퍼로니들을
다시 피자 위에 얹어 우리는 각자의 입에 쑤셔 넣었지.
그 피자의 맛이 잊히지 않아. 아마 그 이후로 피자는
내가 가장 좋아하는 음식이 되었을 거야. 대마에 취해서 먹었던
피자는 내가 인생에서 먹은 음식 중 가장 맛있었어.
치즈의 고소함, 토마토 소스는 나의 혀에서 녹는 느낌이었어.
조금 짜게도 느껴졌지. 그래서 콜라를 마실 때 콜라의 탄산이
입에서 사라지는 순간순간을 모두 느낄 수 있었어.
맛의 유혹에 1초라도 빠르게 얼른 해치워버리고 싶더라고.
그때 돼지는 혀를 씹었어. 그 또한 믿기지 않는다는 말을
반복했지.

피자를 먹어 치운 후 나는 다시 침대에 누웠어. 물론
식사 후에는 담배를 피워야 했지. 그때 아티스트는 하나를
더 말기 시작했어. 우리는 담배 대신 대마를 한 번 더 피웠지.
우리는 건강해지겠다는 농담을 하며 웃고 있었어.
이것만 있으면 술 담배도 끊을 수 있겠다고 말이야.
창문 밖으로 연기를 내뿜으며 노을이 지는 걸 볼 수 있더라고.
너무나도 아름다웠어. 우리는 가까운 공원으로 향했지.

노을을 보기 위해서. 이런 낭만이 서울에서는 있었나?

공원으로 향하는 길, 나에게 한 가지 불편한 점이 있었어.
바로 돼지의 행동이었지. 그는 약 기운에 취해 너무나도
신이 났는지 길에서 노래를 부르고 춤을 추고 뛰어다니기도
했어. 예술가 친구는 그런 그를 웃긴다고만 생각했지만
나는 글쎄, 그런 그의 행동이 남들의 주의를 끌까봐 신경 쓰이고
불편했어. 그가 가만히 좀 있었으면 싶었지.

그래도 불편한 점은 오직 그것뿐이었어.
지금 돌이켜보면 기우였어. 미국에서 어차피 대마는 합법이고,
남이 무슨 옷을 입든 무슨 노래를 부르든 신경 쓰지 않아.
자신에게 피해만 가지 않는다면 말이야. 아무 눈치를
보지 않아도 되는 곳이었어. 즉 나는 돼지가 돼지의 마음대로
행동하게 됐어도 괜찮았던 거지.

노을은 세상을 황금빛으로 물들였어. 공원에 가까워진 우리는
하늘을 바라봤어. 황금빛에서 주황으로 변해가는 하늘을
말이야. 그때 나는 하늘에 살고 싶다고 생각했어. 그때의
아름다움을 어떻게 다시 표현해야 할지 모르겠어. 그 순간에
녹아들어서 죽어도 상관이 없다는 생각이 들더라고.

그렇게 극단적인 느낌까지 받은 이유를 이제는 확실히 알 것
같아. 그때의 나는 생각했던 거지. 이런 아름다움을 경험하고
내가 다시 원래의 삶으로 돌아갈 수 있을까? 사람이 얼마나
행복해질 수 있는지 그 최대치를 알아버린 채 황금빛 노을이
없는 곳으로 돌아갈 생각 말이야.

어쨌든 지금은 당시에 느꼈던 아름다움을 그저 곱씹고 싶어.
공원에는 강아지와 주인들이 뛰어놀고 있었어.
루이 암스트롱의 〈왓 어 원더풀 월드What a wonderful world〉가
떠올랐어. 우리가 바라보는 모든 세상이 주홍빛으로 물들었어.
돼지는 나한테 말했지.
"야 진짜 이렇게 평생 살면 좋겠다. 그렇지?"
나의 대답은 물론 '그렇지'였어. 그런데 대답할 수 없더군.
모르겠어. 내가 진심으로 가장 원하는 것이 무엇인지는
숨기고 싶었을지도 몰라.

음식들의 맛을 느끼며 겪는 행복감은 수천 배였어.
음악과 예술은 우리가 왜 살아야 하는지 알려줬어.
두 눈과 귀는 어느 때보다 날카로운 감각을 가졌지.
우리의 뇌는 예술을 해체하며 완벽한 소화를 하고 있었어.
평소에 듣는 음악과는 차원이 달랐어. 모든 것이 평소보다

나았어. 자연의 아름다움은 이루 말로 할 수 없이 아름다웠지.
친구들의 농담도 평소보다 몇십 배는 더 웃겼던 것 같아.
나는 돼지와 아티스트의 논쟁을 들으며 웃고 있었어.
두 눈에 주홍빛을 가득 머금은 돼지는
사후 세계에 관한 이야기를 꺼냈어.

"와, 우리가 죽은 다음에 이런 세상에서 평생 살 수 있으면
좋겠다. 그러면 이게 천국 아닐까?"
"야, 너는 사후 세계가 있다고 믿냐?"
"있으면 좋겠지만 없겠지. 우리가 생각하는 이유는
뇌 때문이잖아. 뇌가 죽으면 무슨 생각을 해.
생각도 기억도 못하는 내가 무슨 세계를 느껴."
"야, 너는 완전 유물론자네. 과학만 신봉하지?"
"병신아, 과학을 믿어야지. 이거는 여기서 이것만 피우면서
살아서 그런가 히피가 다 됐나보네."

나는 그들이 서로에게 농담으로 욕을 하는 걸 보며 혼자
웃고 있었어. 대화에 참여하거나 대화의 내용을 딱히 깊게
생각하지도 않았지. 하늘은 점점 보랏빛으로 변해갔어.
아티스트는 계속해서 논쟁을 이어갔지.

"사후 세계가 있느냐, 천국이나 지옥이 있느냐가 중요한 게
아니야. 그렇지만 사후가 어때야 하는지는 나는 확실히 알지.
우리가 삶을 마감한 후 가져야 할 목표 말이야."

"그게 뭔데."

"천국에서 다시 태어나든 지옥에서 태어나든 지구에서
개로 태어나든 다른 인간으로 태어나든, 결국은 모두 윤회고
부활이다. 그렇지? 그러면 우리는 윤회를 하지 않아야 되는
거야. 즉 우리의 영혼이 그저 우주에 떠다니는 에너지로 남아야
한다 이거지."

"이거 완전 미친 새끼네."

"야, 그러면 임사체험 했다는 사람들은 뭔데? 빛을 보고
막 예수님도 만나고 했다는데?"

"그거는 덜 죽어서 환상 본 거지 등신아."

너무 웃어서 배가 아플 지경이었어. 하늘에는 어둠이 깔리고
별들이 빛나기 시작했어. 우리는 공원에서 다시 예술가의 집으로
돌아왔지. 약 기운도 모두 떨어졌어. 3시간 정도 지나니까
완전히 나 자신으로 돌아오더군. 물론 취했을 때도 완전히
나 자신이었다고 확신할 수 있어. 그게 술과 다른 점이지.
집에 거의 도착했을 즈음 아티스트가 말을 꺼냈어.

"집에서 한 대 더 피고 같이 영화 볼래?"

그때 내 느낌은 산책하러 가자는 말을 들은 개와 같았던 것
같아. 그것을 피우고 영화를 보면 어떤 느낌일까.
정말로 궁금했지. 궁금한 것 이상으로 나는 이미
다가올 쾌감을 기다리기가 힘들었어. 다시 한번
그 연기의 향을 맡을 생각을 하니 가슴이 두근거렸어.
처음 이곳에 도착해서 몸을 못 가눌 만큼 취했던 순간을
다시 느낄 수 있다니.
설렘을 참을 수 없었지.

우리는 그의 집에 도착해서 주머니에 든 것들을 주방의
테이블에 모두 던져버렸지. 돼지는 다시 침대 위에 누워
핸드폰을 만지고 있었어. 나는 TV가 있는 거실의 소파에 앉아
미국의 TV에는 무엇이 나오는지 보고 있었어. 아티스트는
낮에 앉았던 같은 테이블에 앉아 약초를 갈고 종이를 마는
행위를 다시 반복하고 있었어. 우리의 입이 말아진
종이에 닿기 전, 돼지는 핸드폰을 만지고 나는 TV 리모컨을
만지던 순간, 나는 갑작스러운 슬픔을 느꼈어. 나는 왜
평생 이렇게 살 수가 없는가에 대한 슬픔이었을 거야. 확실해.

그래도 슬픔은 잠시뿐이었어. 우리는 아티스트가 건넨 마법을
한 모금씩 흡입하며 연기를 내뿜어댔지. 나는 최대한 입에

머금으려 했어. 그 맛이 좋았기 때문이야. 입으로 빨아들인
연기를 다시 코로 보내 향을 음미하기도 했지.
우리의 뇌는 이미 알고 있었어.
이것을 피우면 어떤 마법이 일어나는지. 이미 알기 때문인지
취하는 데는 1분도 걸리지 않더군. 우리는 웃으며 말도 안 되는
농담을 하며 거실의 소파에 앉아 영화를 볼 준비를 했지.

스탠리 큐브릭의 영화를 보고 있었어. 연기에 취해서
예술의 정수인 영화를 감상하던 그 기분은 정말로 행복
그 자체였지. 나는 영화 속에 들어가 있는 느낌을 받았어.
영화의 장면 장면에서 감독의 의도를 느낄 수 있었어.
감독이 나에게 직접 말을 하고 있다는 느낌도 받았어.
영화가 끝날 때는 진심으로 기립박수를 치고 싶더군.
연기에 취해 영화를 보는 것이 내 인생의 전부였으면 좋겠다고
생각했어. 그저 죽을 때까지 연기에 취해서 계속해서 끊임없이
영화를 보고 음악을 듣는 게 나의 인생이면 좋겠다고 생각했지.
그 순간 더욱 확신했어. 내가 원하는 건 수억 원의 비싼 차,
넓은 아파트가 아니라는걸.

영화가 끝난 후 우리의 약 기운도 가라앉았어. 너무나도
피곤했지. 잠자리에 들 시간이었어. 그런데 그때 다시 한번

호기심이 생겼어. 연기에 취해서 잔다면 수면조차도 다른
수준일까 궁금했지.
그렇게 나와 돼지는 한 모금씩 더 흡입한 후 잠이 들었어.

몇 시간을 잤는지 기억이 나지는 않지만, 최소 10시간은 잤던 것
같아. 그렇게 개운하게 잠을 잔 적은 그때가 처음이었어.
살면서 처음으로 '아, 이게 잠을 잔 거구나'라는 생각이 들
정도였어. 잡념이 가득했던 나의 머릿속을 깨끗이 지운
기분이었어.
옆 침대의 돼지는 아직도 깊은 잠에 빠져 있었지.
나는 테이블에 다가갔어. 말아진 대마초 한 대와
아티스트가 남긴 노트가 있더군.
'한 대 피우고 씻고 쉬고 있어. 센트럴 아빠 회사에 잠깐 갔다
올게.'

아직도 예술가 친구에게는 복잡한 감정이 많아.
물론 고마움도 있지. 그가 정말 친절했다는 건 지금도 느낄
수 있어. 여행에서 그가 약들을 권하지 않았다면 지금의 나는
다른 사람이 되었을까 생각도 했지. 하지만 확실한 건 이건
그의 잘못이 아니야. 어쩌면 그는 이미 나의 꿈을 살고 있었어.
누군가에게는 현실인 나의 꿈을 살기 위해 나는 여기서

수많은 흉터와 함께 길고 긴 변명을 늘어놓고 있는 거지.

다시 한번 그날을 떠올려야겠어. 그렇게 나는 테이블 위에
말아진 대마를 입에 물고 샤워를 하기 위해 화장실로 향했지.
뜨거운 물을 틀어놓은 채 나는 종이에 불을 붙였어.
다시 한번 엄청난 행복감이 찾아오는 순간이었지.
그때 내가 느낀 게 하나 있어.
아침에 일어나서 피우는 순간이 가장 큰 쾌감을 준다는 사실.

나는 연기와 수증기에 갇혀 따뜻한 물을 맞으며 생각에 잠겼어.
머리도 감고 이도 닦아야 했지만 그저 물을 맞으며 가만히 있고
싶었어. 그때 했던 생각이 떠올라. 이런 형벌이 있으면 좋겠다고.
온종일 연기에 취해 따뜻한 물을 맞으며 서 있는 형벌.

그러나 나는 샤워를 마친 후 거울을 바라봤지.
나는 지금도 확신할 수 있어. 그때 거울 속엔 내가 아닌 다른
사람이 있었어. 이건 어떤 시적인 비유를 하는 게 아니야.
분명 말 그대로 다른 남자가 있더군.
웃긴 점은 그래도 나는 신경 쓰지 않았어. 누구로서 살아가든
연기와 행복만이 있으면 그만이라고 생각했으니까.

나는 침대에 몸을 던져 핸드폰을 확인했지. 역시 아무에게도
연락이 오지 않았어. 그래도 우울하지 않았어. 어떻게 보면
이건 세계 최고의 항우울제가 아닌가 싶어. 누구도 필요로 하지
않을 정도의 항우울제. 어쨌든 나는 핸드폰에서 많은 예술가의
그림과 사진들이 있는 앱을 켜서 작품들을 바라보고 있었지.
그림 속 빛들은 정말 눈이 부셨어. 그림 속의 음식들은
이미 맛을 느낄 수 있을 정도였지. 르누아르의 그림을 보았을 땐
눈이 멀 것 같다는 생각이 들었어. 예술은 지구에서
가장 아름다운 사치야.

돼지가 잠에서 깨어났어. 그는 아마 12시간은 넘게 잤을 거야.
그 또한 나처럼 눈을 뜨고 일어나자마자 테이블로 가서 연기와
하나가 되기 시작했지. 그의 그런 모습을 보고 나는
웃기 시작했고 그 또한 나를 보고 웃었어. 마치 말 안 해도
서로를 이해한다는 듯. 돼지는 씻고 나와서 테이블 위의
남은 피자를 모두 먹어 치우기 시작했어.
나를 위해 남긴 음식은 전혀 없더군. 순간 문이 열리며,
예술가 친구가 양손 가득 음식을 들고 집으로 돌아왔어.

그 역시도 도착하자마자 연기와 하나가 되었지. 우리는 다 함께
식사를 마친 후 거실의 주방에서 말없이 앉아 있었어.

예술가는 나에게 물었어.

"어디 가고 싶은 데 없어? 구경하고 싶은 곳?

여기는 그냥 사람 사는 곳이라 볼 게 진짜 없긴 해."

"근처에 미술관 없냐? 아니면 박물관."

돼지는 옆에서 무슨 미술관이냐며 투덜대긴 했지만 나는 이미
알고 있었어. 그가 연기를 들이마신 후 예술을 보면
다른 반응을 보일 거란걸. 점심시간이 지난 후 우리는 집 밖으로
나와 친구의 검은색 SUV에 올라탔지. 그때는 어느 정도
약 기운이 깨어 있을 때였어. 그래도 예술가 친구가 운전을 하는
건 조금 불안했지. 그때는 몰랐거든. 대마에 취해서 하는 운전이
생각보다는 안전하다는걸.

우리는 미술관에서 조금 거리가 있는 쇼핑센터의 주차장에
차를 댄 후 차에서 잠시 시간을 보냈어. 예술을 우리의 머리에
입력하기 전에 뇌의 모드를 바꿔놔야 했거든. 그의 차에는
대마의 액상이 들은 전자담배가 있었어. 그때 나는 직감했지.
이건 미래의 기술이구나. 훗날 사람들은 이걸 피우며
살아가겠구나. 우리는 차의 창문을 모두 닫은 채 전자담배로
연기를 흡입했어. 차는 연기로 가득 메워졌지.

차에서 내린 나는 조금 비틀거렸어. 다리가 후들거렸지.
아마도 전자담배로 연기를 흡입하는 것은 기존 방식보다
훨씬 더 큰 쾌감을 가져다주는 듯했어. 우리는 웃으며
미술관으로 걸어갔지. 돼지는 예술가에게 물었어.
"무슨 전시회인데?"
"그냥 동네 예술가들한테 작품을 걸어줄 기회를 주는
그런 수준의 전시회일걸?"
"그러면 프로들의 솜씨가 아니라는 거네. 별로면 어떡해?"
"야, LA에서 밥 한 끼 먹으려면 20달러는 써야 해.
가난한 예술가들이 어떻게 사냐?
아무리 아마추어들이라고 해도 다들 솜씨 있는 사람들이지."
"그러면 너처럼 금수저들인데 너랑 다르게 재능이 있는
사람들인가 보네."
"내가 왜 금수저야."

그들은 늘 으르렁거리며 농담을 했지. 우리는 미술관에
들어섰어. 미술관의 입구에서 안내해주던 여성 분은 우리들의
풀린 눈을 보고 미소를 짓더군. 나는 직감할 수 있었어. 여기는
다 그런 인간들이 있는 곳이구나. 예술가의 말이 맞았어.
아마추어의 솜씨라기엔 수준 있는 그림들이 벽에 걸려 있었지.
조형 예술도 많았어. 너무 아름답더군. 사람은 이렇게 살아야

한다는 생각이 들었어. 매일 밥을 먹듯이 예술을 먹으며 살아야 한다는 생각. 누군가 그랬지. 수학과 공학이 우리를 살 수 있게 만들어주지만 우리가 살아가는 목표는 예술과 철학이라고.

나의 친구들, 돼지와 예술가 둘 다 감동한 모습을 보였어. 예술로 인해 기분이 좋아진 세 사람은 서로에게 더욱 친절할 수밖에 없었지. 우리의 사이가 돈독해졌다는 느낌을 받았어. 미술관 밖으로 나온 우리는 공원 앞에서 타코를 파는 트럭을 발견했지. 밥은 이미 먹었지만 우리는 공원의 의자에 앉아 타코를 먹으며 관람한 예술 작품들에 대해 이야기했어. 돼지는 예술가한테 말했어.

"야, 진짜 부럽다. 너는 매일 이렇게 살 수 있는 거 아니냐."
"나도 나만의 고충이 다 있거든? 매일 놀기는 눈치보여서 아빠 회사에 출근하는 척이라도 하지. 그런데 출근하면 또 뭘 해야 할지 모르겠거든. 그러면 또 직원들의 눈치가 보이지. 학교를 졸업하지 말걸 그랬어."
"존나게 배부른 소리로 들리는구나."
"인간은 남의 입장이 못 되는 법이야. 그래도 나는 나의 삶에 감사하며 살지. 나라고 서울이 안 그립겠어?"

서울이라는 단어를 들으니 나는 그에게 말할 수밖에 없었어.
"서울이 뭐가 그렇냐? 차도는 맨날 존나 막혀 있지.
경쟁은 심하고 서로 눈치보면서 사는 것도 힘들고. 여기처럼
자유롭지 않잖아."
"여기도 교통체증은 심한데?"
"그게 포인트가 아니잖아. 글쎄 여기 사람들은 뭐랄까.
자유로워 보여."
"사람 사는 데가 다 똑같지 뭐."

사람 사는 곳이 다 똑같다는 말에 동의하기는 어려웠어.
내가 이곳에 살았다면 전혀 다른 결말을 맞이했을 테니 말이야.
그래도 어느 정도 맞는 부분은 있었어. 일주일 여행에 벌써
이틀이 지났는데 더 이상 무엇을 하며 시간을 보낼지
모르겠더라고. 감사함과 동시에 욕심이 생겼어.
이것이 나의 일상이었으면 좋겠다는 욕심.

이틀이 더 지났지. 매일 아침은 연기에 취하는 것으로 시작했어.
다른 말로 표현할 방법이 없어. 행복했어. 밤마다 친구들과
소파에 앉아 연기를 마시며 영화를 봤지. 신기한 건 우리는
여행 동안 술을 한 잔도 마시지 않았다는 거야. 평소보다 담배도
훨씬 덜 피웠지. 이런 생각도 들더군. 한국에서 대마초가

합법이 되는 데 가장 기를 쓰고 막을 셋은 술을 만드는 회사,
담배를 만드는 회사, 그리고 길거리의 마약상들일 것 같다는
생각.

시간은 즐거울 때 빠르게 흘러가지. 한국으로 돌아가기
하루 전날이었어. 그때 나는 어느 정도 맨정신으로 있고 싶다고
생각했어. 이곳에서의 시간을 음미하고 싶었거든. 그러나
아침에 일어나서 피우는 연기를 거절할 수는 없었어.
점심시간이 지나 우리는 집에서 노래를 들으며 누워 있었어.
그때 아티스트 친구가 역시 비슷한 시간에 집으로 돌아왔지.
그는 마지막 날인 우리를 위한 선물이 있다고 했어.

"너희 둘 다 밥은 이미 먹었지? 그래도 마지막 날인데
우리 영혼의 시야를 밝혀줄 나의 선물이 있어."
돼지는 역시 그의 말을 비꼬며 놀리기 시작했지만,
예술가 친구는 그의 작은 가방에서 담뱃갑을 꺼냈어.
담뱃갑 안에는 역시 대마초가 들어 있더군.
그러나 그것이 말아진 종이의 재질이 조금 다른 것 같더라고.
예술가 친구는 말했어.
"너희들 LSD나 환각 버섯 알지? 겉에 말은 종이가 그런
성분으로 돼 있다고 보면 돼. 오히려 대마보다 건강에 영향도

없고 중독성도 없으니 뭐 그냥 한 번쯤 경험하는 정도로
좋을 것 같아서."

돼지는 늘 모든 경험에 예스라고 대답했지. 나 또한 새로운
시도를 거절하는 타입은 아니었어. 우리는 거실의 주방에 앉아
지난날과 같이 한입씩 연기를 머금기 시작했어. LSD에 절인
종이와 그 안을 가득 메운 대마들은 타들어갔어.
모든 순간이 느리게 지나갔어. 음악들 또한 느리게 들리더라고.
그 순간 우리 셋은 전혀 다른 차원에 존재하는 느낌이었어.

나의 눈앞에 모든 것이 느리게 지나갔어. 보이는 모든 것은
어떤 패턴을 갖고 있었어. 평범한 의자도 냉장고도 모두 어떤
패턴을 띠고 있더군. 나는 그것이 물건들의 본질이라고 느꼈어.
우리는 아무 말도 하지 않았어. 나의 손가락이 몇 개인지
세보았지. 내가 6개라고 생각하면 6개의 손가락이 보이더군.
거울 속의 나를 바라봤어. 나의 얼굴에서 휘몰아치는 어떠한
프랙털과 패턴을 보며 나는 나의 본질과 마주한다고 생각했어.
나와 친구들은 신발을 신지 않은 채 여행의 첫날에 갔던
공원으로 향했지.

햇빛 나무 그리고 바람들을 보며 깨달았어. 인간 한 사람

한 사람 모두 다른 세상에 살고 있다는 걸 말이야.
내가 사는 세상은 오직 하나일 거라는 생각이 들었어.
그 세상이 어둡고 차갑지 않기를 바랐지. 잔디를 밟으며
풀들의 수분을 느낄 수 있었어. 나라는 존재가 지구에서
자라난 나무와 다름이 없다는 느낌을 가졌지. 나와 친구들은
공원의 언덕에 앉아 아무 말 없이 눈을 감았어.

아름다운 빛 아래 눈을 감으니 보랏빛이 아른거리더라고.
그때 나는 그것이 신이라고 직감했어. 물론 당시의 느낌이
그랬다는 거야. 나는 신과 대화했어.

'어떤 인생을 살고 싶은데?'
'자유와 사랑이 가슴을 채우는 삶.'
'어떤 세상에서 살고 싶은데?'
'어둠이 없는 세상.'
'많은 사람들은 이미 그런 세상에서 살아가고 있어.
그런 세상에서 살아갈 수 없을 때, 너는 무엇을 느껴?'
'끝없이 끓어오르는 분노. 내가 가질 수 없다면 남의 세상도
파괴하고 싶은 욕망, 폭력.'

순간 보랏빛의 신은 달아나더군. 나는 눈을 떴어.

옆의 돼지는 나뭇가지로 땅을 파고 있더군. 마치 다시 한번
어린아이가 된 것처럼 말이야. 예술가 친구는 땅을 파는
그의 모습을 바라보고 있었어. 나 또한 그가 왜 땅을 파는지
알 수 있겠더라고.
파 헤쳐지는 흙과 작은 돌멩이들에 우주의 본질이 들어 있다는
생각이 들었어. 나의 육체가 흙과 다름이 없다는 생각이 들었지.
나와 친구들은 마치 어린아이처럼 공원에서 땅을 파며 놀았어.

집에 돌아온 후 저녁이 되니 우리의 마음에서 자유와 사랑은
이미 달아난 후였지. 우리는 짐을 싸며 한숨을 쉬고 있었어.
나와 돼지는 서로에게 최고의 여행이었다고 말했지.
어떻게 원래의 삶으로 돌아갈 수 있을까 이야기했지.

우리는 그곳에서 어린아이들과 같았어. 끝없이 자유롭기만 한
순수한 어린아이들. 예술가 친구가 우리를 공항에 데려다주었을
때 우리는 그와 담배를 피우며 이야기했지. 예술가 친구는
나에게 말했어.
"뭔가 너는 분명 다시 돌아올 것 같다는 느낌이 든다."
"그럼 좋겠다."
돼지는 예술가 친구에게 이야기했어.
"돌아가서 자리 잡으면 다시 또 놀러 올게. 고마웠어. 근데

생각해보니 자리를 잡으면 못 놀러 오는 거 아니야? 너희
아빠한테 말 좀 해주면 안 되냐? 우리 좀 고용해주면 안 되냐고."

우리는 웃으며 담배의 불을 껐지. 예술가 친구는 다시 차를
타고 떠나갔어. 우리는 복잡한 수속을 마친 후 비행기의 의자에
앉았지. 밝은 곳에서 어두운 곳으로 간다는 생각이 들었어.
따뜻한 곳에서 차가운 곳으로 간다는 생각이 들었지. 그래도 뭐,
나에게 주어진 현실로 돌아가는 것이니 공평한 거였겠지.

나는 내가 살아야 할 삶이 있었어. 내가 원하든 원하지 않든
간에 말이야. 운명에 관한 이야기는 아니지만, 나에게 주어진
것과 내가 원하는 것은 다르니까 말이야. 비행기는 굉음을 내며
하늘로 날아오르기 시작했어.

앤디

검색이라도 해볼까. 팔기는 하는지, 얼마에 파는지.

일상에 다시 익숙해지는 것은 어렵지 않았어.
인생의 대부분은 이곳에 있었으니 말이야. 졸업은 점점
가까워졌지. 아직도 나는 무엇을 하며 살아가야 할지 몰랐어.
돼지는 그렇게 투덜대던 이탈리안 식당으로 돌아갔지.
낮은 계급의 인격체로서 서빙을 하기 위해서 말이야.

물론 나도 알았고 돼지도 알았어. 평생 이렇게 불평만 하며
살 수는 없다는걸. 무엇을 해야 할지 모르니 일단은 남들이
하는 대로 흉내라도 내봐야 한다고 생각했어. 나와 돼지는
인터넷으로 이력서를 작성하고 우리가 지원할 수 있는 회사들의
목록을 살펴봤어. 하고 싶은 일이 하나도 없더군. 회사 하나하나
상세 내용을 살펴보며 우리는 우리가 왜 그곳에서 일할 수
없는지를 얘기했어.

나는 포토샵이나 디자인 같은 건 할 줄 몰랐어. 그러니
지원하지 못할 회사들이 있었지. 내가 가진 자격증들이
이 많은 회사들과 어떤 상관이 있는지도 알 수 없었어.
그래도 결국은 많은 회사에 지원했어. 솔직히 아직도 몰라.
내가 지원한 회사들이 무얼 하는 곳인지.

그중 한 곳에 면접을 보러 가던 날이 기억이 나. 정장을 입고
버스 노선을 살펴본 후 회사로 찾아갔지. 하얀 셔츠와 넥타이는
너무나도 불편했어. 이곳이 다단계 같은 사기가 아닌지도
확실히 알아봐야 했지. 나는 엘리베이터를 타고 면접장으로
향했어. 물론 긴장은 되었지. 긴장도 되었지만 짜증도 났어.
이 생각이 들었거든.
'내가 원하는 것도 아닌 것을 위해 나는 왜 용기를 내야 하지?'

엘리베이터에서 만난 여자의 모습을 기억해. 나보다 한두 살은
어려 보였어. 물론 그랬겠지. 그녀는 굉장히 긴장한 모습이었어.
깊은 한숨을 내쉬며 나에게 물었어.
"혹시 6층에 면접 보러 가세요?"
"네."
"그런데 하나도 안 떨려 보여요. 어떻게 그래요?"
"아니요. 저도 떨려요."

"우리 둘 다 힘내서 잘 해내요."

정말 착한 아가씨였다는 생각이 들어. 그러기에 나중에
더욱 화가 났지. 면접장에 도착한 나는 대기실에 앉아서
회사 소개에 대한 영상을 보고 있었어. 건설 회사였던 것 같은데
나의 직무가 무엇인지도 모르겠더군.
어쨌든 나의 차례가 되었어. 나는 자리에서 일어나 면접관 앞에
앉았지. 그는 얼굴을 찌푸리며 말하더군.
"아직 앉으라고 말 안 했는데요?"

기분이 나빴어. 폭력이 합법이었으면 좋겠다고 생각했어.
나는 다시 의자에서 일어났고, 그의 허락을 받은 후 의자에
앉았어. 그는 대화하는 내내 나를 아랫사람 취급하더군.
"딱히 경력은 없네요?"
"학점도 별로고."
"사실 실질적으로 토요일도 쉬는 건 어려워요."
"본인 의지에 달렸어요."
"이런 일을 할 스타일로는 보이지 않는데?"

그에게 복종해야 하는 아랫사람으로의 면접을 끝냈어. 헛웃음이
나오더군. 동등한 인간 대 인간으로서 대접 받지 못한다는

사실에 말이야. 그때 엘리베이터에서 만난 그 아가씨가
생각났어.
그 정도 똑똑한 아가씨라면 분명 면접을 통과했을 거야.
그녀가 그들의 밑에서 일할 걸 생각하니 마음이 아팠어.

물론 그날 저녁 나에게도 전화가 왔지. 면접에 통과한
사람들에게만 오는 전화였어. 나와 돼지는 자취방에서 영화를
보고 있었지. 나는 그 전화를 받지 않았어. 매번 의자에 앉을
때마다 허락 받고 싶지 않았거든. 나중에 알아보니 결국은
사기더라고. 사회 초년생들을 감금해놓고 영업 전화를 돌리게
하는 회사였던 것 같아. 그래도 구속되거나 영업이 정지되지
않고 항상 운영이 되었어. 아마 지금도 그 회사를 돌리는
인간들은 많은 돈을 벌고 있을 거야.

나와 돼지는 계속해서 면접을 봤어. 끝까지 알 수가 없더라고.
우리가 좋아하는 게 무엇인지. 면접을 위해 처음 보는 건물들에
들어서야 했지. 매번 거짓말을 해야 했어.
'언제나 너 자신이 되어라'라는 말이 있지. 면접에서는 절대
통하지 않는 말이야. 절대 너 자신이 되어선 안 돼.
계속해서 면접에서 탈락하면서 이제는 의욕도 생기지 않더라고.
웃기지. 면접에 붙더라도 매일 아침 일어나 회사로 출근하는

행복하지 않은 인생은 확정인데, 그런 면접에 붙기도 힘들다는
게. 나중에는 아무런 준비 없이 면접장에 가는 날도 잦았어.
어쨌든 실패할 거라는 패배주의에 물들기 시작했거든.
그렇게 시간은 흐르고 대학생으로서의 시간은 끝이 났지.
동기들은 하나 둘 자기 적성을 찾아 일을 시작했어. 나와 돼지는
제외하고 말이야. 우리는 동기들이나 누군가를 만나 술을 마실
돈도 없었어. 사회에 섞이기에 필요한 가장 기본적인 돈도
자격도 없었지.

하루는 편의점 앞에서 돼지와 소주를 마시고 있었어.
그는 나에게 말했어.
"또 LA나 가고 싶다."
"나는 여행을 가고 싶은 게 아니라 거기서 살고 싶어."
"야, 거기서 살려면 돈이 존나 많이 들겠지?"
"몇천은 들지 않을까? 비자는 어떻게든 해결한다고 해도
집도 차도 구해야 하고. 무슨 말인지 알지?"

"좆같다. 윤아 얘기 들었냐? 걔 이번에 정규직 전환된다는데.
그게 중요한 게 아니고 요즘 만나는 남자가 존나 금수저라던데?
우리가 알던 멋진 커리어우먼 윤아는 더 이상 없나봐."
"걔 얘기 좀 하지 마. 정말 하루하루가 그때 LA에서의

날들 같으면 좋겠다."

"그러게. 어떻게 그렇게 행복할 수 있었지?"

나와 돼지는 둘 다 알고 있었어. 그 행복의 비밀이 무엇인지.
그러나 입 밖으로 꺼내지는 않았지. 이곳은 캘리포니아가
아니었거든. 대마초는 흡연만으로도 심각한 죄로 치부되었거든.
우리는 아무리 밑바닥이어도 법을 어기면서 살아가고 싶지는
않았나봐. 법을 어긴다고 해도 경범죄 정도가 우리의 그릇에는
최대였겠지.

계속되는 면접의 실패에 나는 어찌 되었든 돈을 벌기는 해야
했어. 제대로 된 회사에 붙을 거란 생각은 더 이상 들지도
않았지.
결국 나는 돼지가 서빙을 하던 이탈리안 식당에 찾아갔어.
상상이나 했겠어? 심지어 그곳도 나를 받아주지 않았어.
손님이 없어서 더 이상의 스태프가 필요하지 않다고 하더군.
충분히 이해할 수 있지. 직원이 필요하지 않은데 어떻게 더
뽑겠어. 그런데 나의 기분은 최악이었어. 나는 계좌를 확인했어.
일일 아르바이트로 모은 푼돈들이 있더군.

집에 도착한 나는 돼지에게 말했어.

"검색이라도 해볼까? 팔기는 하는지? 팔면 얼마에 파는지?"
딥웹이나 다크웹에 접근할 필요도 없었어. 대놓고 팔고 있더군.
말 그대로 '대마초' 세 글자만 검색해도 파는 사람들이 넘쳐났어.
가격은 믿을 수 없을 만큼 비쌌지. 비쌀 만도 했어. 캘리포니아의
열 배, 스무 배가 되더라도 이해가 됐지. 이곳에서는 흔한
풀떼기가 아니었으니까.

우리는 온갖 이름 없는 중소기업의 자유게시판들을 확인했어.
정수기 회사 청소기 회사, 모든 작은 회사의 웹사이트에는
사용되지 않는 자유게시판이 있었어. 그곳에는 딜러들이
자신들의 제품을 팔고 있었지. 모든 마약을. 엑스터시는 캔디,
대마초는 떨, 필로폰은 아이스나 작대기 등등 많은 은어를
사용하며 어느 나라보다 비싼 가격에 팔고 있었어. 자살하는 데
쓰이는 약들도 팔고 있던 게 기억이 나. 아마 그것을 구매하려던
인간들은 자살하려던 죄로 감옥에 갔겠지. 아무튼 딜러들은
당시에는 대부분 텔레그램을 이용했어.

너무나도 터무니없는 가격에 나와 돼지는 슬슬 포기를 할까
생각했지. 그 와중에 우리는 그의 이름을 찾았어. 나의 인생에서
꽤 중요한 역할을 하게 되는 한 사람. 앤디. 그는 1그램당
5만 원이라는 파격적인 가격에 팔고 있었어. 물론 대마가 합법인

곳에 사는 사람들은 그 가격조차도 말이 안 된다고 생각하겠지.
그러나 이곳은 마약상들이 부자가 되기 가장 좋은 나라야.

나와 돼지는 앤디에게 접촉하려 했지만 문제는 두 가지였어.
그의 게시글이 올라온 지 너무나도 오래된 상태였어.
나머지 하나는 한 번에 50만 원 이상씩 구매해야 했어.
그러나 우리는 이런 도박에 한 번에 50만 원이라는 돈을 쓸 수
없었지. 우리는 한 사람을 더 필요로 했어.

고등학교 동창 중 원숭이라는 친구가 있었지. 아버지는
경찰의 고위 간부셨어. 그러나 장난기가 너무 심해 우리는
그를 원숭이라 불렀지. 그의 장난기는 점점 심해져 범죄가
되었고 우리는 그와 연락을 끊었어. 나와 돼지가 각각 2그램씩
구매한다고 해도 나머지 30만 원을 책임져줄 친구가 필요했지.
우리는 원숭이에게 연락했어. 그는 클럽에서 일하고 있더군.
나는 클럽 일들이 어떻게 돌아가는지는 모르지만, 꽤 높은
직급에 있었나봐. 물론 고등학교를 졸업하자마자 계속해서
클럽에서 일했다면 그럴 수 있지.

우리는 원숭이를 설득했어. 그는 애초에 양아치 기질이
다분했지. 돈도 많았어. 1그램에 5만 원이라는 파격적인 가격에

그는 우리의 제안을 승낙했어. 앤디에게 텔레그램으로 접촉했지.
나는 그전까지 마약상들은 건달들과 비슷한 부류인 줄
알았는데 앤디는 상당히 신사적이더군. 그가 말하는 방식에서
유식함이 느껴지기도 했어.

그는 자신의 비트코인 계좌를 알려줬어. 그곳에 입금하고
확인되면 물건을 건네준다고 했어. 그 방식을 미리 알려주지는
않더군. 어쨌든 우리는 무식했어. 친구들은 나의 계좌에 돈을
보냈고 나는 그 돈을 비트코인 회사에 입금했지. 그러곤
앤디에게 바로 송금했어.

물건을 받는 방법은 매번 달랐어. 지하철의 보관함, 버스를 통한
택배, 퀵서비스 등등 매번 달랐지. 처음 우리가 물건을 받은
방법은 많은 회사가 위치한 빌딩의 주소를 이용한 택배였어.
앤디는 우리에게 사용할 전화번호와 이름, 가짜 신분을
알려줬지. 사실 우리는 그때 심부름센터나 퀵서비스를
이용했어야 했는데 우리가 뭘 알았겠어.
우리는 직접 우리 발로 건물에 들어가 물건을 수거해 왔지.
웃기게도 그건 아무런 문제가 되지 않았어.

우리는 박스를 들고 근처의 DVD방으로 향했어. 박스를

해체하니 계속해서 작은 박스가 나오더군. 마치 러시아 인형과도
같았어. 계속해서 박스를 열다보니 마지막 박스 하나가 남더군.
얼마나 긴장이 되었는지 몰라. 그때 스크린에서 나오던 영화가
무엇이었는지는 기억도 안 나.

우리는 긴장감에 낮은 숨을 쉬며 마지막 박스를 열었어.
아무것도 없더군. 사기라고 생각했어. 너무나도 허무했지.
그러나 마음 한편은 이미 이럴 줄 알았다는 생각도 있었지.
그때 돼지가 말했어.
"야, 잠시만 여기 봐봐."
그는 박스의 옆면을 손톱으로 뜯어냈어. 그곳에는 진공 포장된
10그램의 대마가 들어 있더라고. 곱게 갈려 있었어.

태어나서 처음으로 쳤던 사고를 기억해? 예를 들어 자동차를
부쉈다거나 아니면 슈퍼마켓에서 과자를 훔쳤다거나 길에서
자전거를 훔쳤다거나 한 그런 첫 범죄. 그 느낌이었어.
그것뿐이었어.

그날부터 나의 인생은 달라졌어. 범죄자가 되었지만 나는
행복한 사람이 되었어. 매일매일을 연기를 흡입하며 살아갔지.
나도 바보는 아니었어. 유해성에 대해 알아보기 위해

온갖 다큐멘터리를 시청하고 영어로 적힌 논문들을 읽어갔지.
아티스트 친구의 말이 대부분은 맞더군. 중독성과 유해성은
술과 담배보다 현저히 낮았어. 그러나 법의 포위망은 늘
두려웠지.

나와 돼지, 그리고 원숭이는 자주 만나 아무도 없는 골목길을
찾는 일이 잦았어. 집에서 미리 그것을 말아오는 경우가
많았지만, 그러지 못했다면 우리는 편의점에 들러
플라스틱 커피, 또는 캔 커피를 구매했지. 그곳에 미세한 구멍을
뚫어 파이프로 이용했어. 하루하루가 행복한 안정된 삶을
생각해본 적이 있어? 돼지는 나한테 말하더라고.
"맨날 애새끼들한테 음료수나 날라 주고, 서빙하고 설거지하면서
살아도 이걸 피면서 살아갈 수 있으면 나는 만족해."

연기를 피워가며 살아간 나의 2~3년은 어느 때보다 건강했어.
육체적으로나 정신적으로 말이야. 돈이 필요할 때는 공장이나
물류 등 일일 아르바이트를 나갔지. 물론 그곳에서도
인간 취급은 받지 못했어. 나에게 소리를 지르고 삿대질하는
인간들이 대부분이었지. 그러나 나는 상관하지 않았어.
집에 도착한 나에겐 나의 즐거운 인생이 있었으니까. 매일 밤
나는 촛불에 불을 붙이고 영화를 감상하거나 반신욕을 했어.

물론 연기에 취해서 말이야. 인간으로 태어난 것에
감사함을 느끼며 살아본 적은 그때가 처음이었지.

원숭이라고 불리는 친구는 연기를 피워가며 많이 변했어.
글쎄 성장했다고 보는 게 맞겠지. 그는 클럽 일을 관뒀어.
물론 직원들을 만나기 위해 자주 찾아가긴 했지.
그에게서 충동적인 행동들은 더 이상 찾아보기 힘들었어.
인간이 평화로워진 거지. 그가 피워낸 연기 덕분에.
남에 대한 공감 능력 또한 많이 향상된 것 같더라고.

돼지도 마찬가지였어. 매일 연기를 피워가며 그의 불평은
점점 줄어갔어. 그는 가끔 면접을 보러 가긴 했어.
물론 경력이 없단 이유로 붙지는 않았지만 말이야.
면접에서 떨어지며 졸업 이후에 공백이 생겼고, 그 공백은
면접에서 떨어질 또 다른 이유가 되었지. 그러나 그는 불평하지
않았어. 연기를 피우고 삶 자체에 감사하며 살아갔지. 물론 그가
너무나도 흥이 나거나 신이 났을 때는 항상 나의 눈엣가시였어.
그가 길에서 춤을 추거나 할 때 나는 다른 사람들의 시선이
신경 쓰였거든. 내가 어느 정도 피해망상이 심하긴 했지.
충혈된 눈을 가리려 늘 선글라스를 끼고 다녔으니 말이야.

어느 어두운 밤, 우리 셋은 힘겹게 산에 올라 정상에
드러누웠어. 하늘에서 떨어지는 유성을 관측하기로 했거든.
우리는 연기를 최대한 머금은 채 하늘을 바라보기 시작했어.
모기조차 신경이 쓰이지 않았지. 떨어지는 별들 덕분에
머릿속에는 영감이 가득했어. 행복했기에 가슴은 누구보다
따뜻했지. 하늘의 별들은 짧은 선을 그리며 어딘가로 추락했어.

아름다운 날들이었지. 아름다운 날들이 일상이었다는 게
믿기지 않아. 앞으로의 경력이나 미래에 대해 걱정하지 않았어.
옷을 입을 돈이 있다면, 밥을 먹을 돈이 있다면, 그리고 이렇게
연기를 피울 돈만 있다면 행복한 만족스러운 삶이었어. 글쎄
지금은 술도 약도 아무것도 하지 않지만 그때의 삶의 모습이
맞는 것 같아. 뭐 인생에 정답이야 없겠지만 당시에 내가 갖고
있던 생각이 그랬다는 거야. 굶지 않고 만족하며 살아갈 수
있다면 그게 전부라는 거 말이야.

가끔은 일부러 2~3일씩 연기를 피우지 않았어. 마치 간헐적
단식처럼. 잠시 연기를 피우지 않음으로써 다시 피웠을 때 더욱
큰 기쁨을 맞이할 수 있었거든. 물론 그 기간이 고통스럽긴 하지.
나의 가장 큰 취미는 연기에 취해 러닝을 하는 거였어.
러너즈 하이라는 말이 있지? 마라톤 선수들이 계속해서

달리다보면 신체의 고통을 잊기 위해 뇌에서 행복감을 느끼게
하는 물질을 만들어낸다고 하지. 당시 내 생각은 이랬어.
미리 연기에 취해 달리기 시작하면 몇 배의 러너즈 하이를 느낄
수 있지 않을까? 물론 나의 생각이 맞았어. 아름다운 음악을
들으며 매일 5킬로미터에서 7킬로미터씩 뛰었지. 연기에 취해
있는 한 힘들지 않았어. 쉬지 않고 7킬로미터를 달린 적도
있었지.

그것은 쾌락이기도 했지만, 분명히 행복이라고도 말할 수 있을
것 같아. 인간은 생존을 위한 행동을 할 때 가장 큰 행복을
느낀다고 하더군. 인간의 진화에서 생존에 가장 큰 영향을 미친
행위는 바로 달리는 거야. 달려야 잡을 수 있고 달려야 잡히지
않지. 나는 늘 연기에 취해 매일 달리고 또 달렸지. 달리기 위해
술과 담배는 점점 끊게 되더라고. 나의 신체는 어느 때보다
건강했어. 법에 의해 금지된 연기를 피우면서 말이야.

나와 친구들의 삶은 단순했어. 돈이 필요하면 육체적 노동을
이용해 일당을 벌어가며 살았지. 그렇게 번 돈으로 우리는
행복에 대한 값을 지급했어. 앤디에게 2~3년간 신세를 많이
졌지. 앞으로 어떤 큰 신세를 질지 모르는 상태로 말이야. 그렇게
우리는 연기에 취해 맛있는 음식들을 먹으러 다녔어. 아름다운

자연이 있는 곳을 찾아다녔지. 미술관에서 예술을 감상하고
영화를 감상하며 살아갔지. 건강을 위해서 운동을 하고 정신을
위해서 명상을 했지. 물론 연기에 취해서 말이야.

나는 한 번도 클럽을 좋아한 적이 없었어. 너무나도 많은
사람들, 시끄러운 음악은 절대 나의 취향이 아니었지. 그래도
그날은 그곳에 가야 했어. 친구들과 의논해야 할 것이 있었거든.
클럽에서 일했던 원숭이 친구 덕에 우리는 늘 공짜로 테이블에
앉을 수 있었어. 시끄러운 음악을 뚫고 원숭이가 나에게 말했어.

"저기 건너편에 앉아 있는 애들 보이지? 홍콩에서 온 애들인데
쟤네들도 존나게 피워."
"쟤네는 얼마에 사는데?"
"깜짝 놀랐다. 1그램에 15만 원에 산다더라."
"쟤네는 돈이 썩어나냐?"
"저기 있는 여자 보이지? 집이 존나 잘살아. 여기 클럽
리뉴얼 할 때마다 투자해서 매일 저렇게 테이블에 죽치고
앉아 있는 거야."

여기서 잠시 클럽이 돌아가는 상황에 관해서 설명해야 할
것 같아. 그런 거 본 적 있어? 매주 목요일 금요일 토요일에

열리는 같은 클럽인데 몇 년에 한 번, 심지어는 분기에 한 번씩
이름이 달라지는 거? 리뉴얼을 한다 재오픈을 한다며 말이야.
투자자들이 물갈이되는 시간이지. 투자를 기획하는 사람들은
돈 한 푼 들이지 않고 클럽을 열 수 있게 돼. 다른 투자자들이
그런 걸 모르는 건 아니지. 바보가 아니거든. 그런데도 자기 돈을
클럽의 지분으로 바꾸는 주된 이유는 바로 돈세탁 때문이야.

클럽에서 자주 마주친 30대 후반의 여성, 홍콩에서 온 여자의
이름은 애나였어. 미국에서 학교를 다녔다고 하더군. 매일 약에
취해 살아가는 걸 보면 놀랄 일도 아니야. 또 한 가지 특이한
점은 그녀가 케이팝 그룹의 광팬이었다는 거야. 그리고 이곳
클럽의 대주주 중의 한 명은 연예 기획사의 대표였지.
이제 그림이 그려지지. 그곳에서 온갖 더러운 일들이 오갔다지만
나는 잘 알지 못해. 아무튼 다시 원숭이와의 대화로 돌아가자면,
그는 나에게 말했지.

"쟤네한테 10만 원만 받아도 우리는 우리가 피우는 걸 무료로
사는 거라니까?"
"그러면 한 번 살 때 20그램씩 사자고?"
"응. 우리는 매번 공짜로 피우니까 좋고, 쟤네들은 평소보다
싼 가격으로 피우니까 좋은 거지."

"그렇긴 한데, 모르겠다. 쟤네 딱 봐도 입도 싸고 양아치들
같은데."
"야, 혹시 알아? 쟤네가 사겠다는 애들 더 데려오면 우리는
누워서 돈만 버는 거야."

원숭이 친구가 평화적으로 변했고 성장을 하긴 했지만, 그에게는
여전히 양아치 같은 습관이 남아 있더군. 나는 스테이지에서
술에 취해 춤을 추고 있는 돼지를 바라보았어. 건너편 홍콩에서
온 여자는 술잔을 들더군. 마치 건배를 하자는 것처럼 말이야.
하지만 나는 이미 술을 끊었지. 나는 원숭이에게 말했어.

"그래. 그럼 매달 100만 원 아니면 200만 원씩 사는데, 여기서
사람들을 늘린다든지 우리가 이걸로 이익을 남기고 장사하고
그런 일은 절대 없기로 하자. 지금 이 자체로도 행복하잖아,
맞지?"
"그래 그럼. 아무것도 변하는 건 없어. 물건을 받는 것도 같을
것이고 연기를 피우며 살아가는 인생도 같을 거야. 그저 우리의
몫을 공짜로 피우는 것뿐이지."

매달 구매하는 양을 2배 이상으로 늘렸을 때 앤디는
어떤 의심이나 말도 하지 않았어. 물론 장사꾼의 처지에서

물건이 잘 팔리면 기분이 좋겠지. 나는 그 시점에서 이곳의
시장이 어떻게 돌아가는지 알 것 같더군.
우리는 앤디에게 그것을 그램당 5만 원에 구매하지.
다시 우리는 그것을 10만 원에 팔아. 그러면 10만 원에 구매한
다른 이들은 그것을 또 다른 사람들에게 15만 원에 팔겠지.
물론 단순한 예를 들자면 말이야. 이런 피라미드 구조를
생각할 때 나를 두렵게 만드는 몇 가지가 있었어. 그것은
앤디가 피라미드의 꽤 높은 위치에 있다는 것과 그의 위에는
분명 누군가가 또 있을 것이라는 거 말이야.

그렇게 6개월은 평화로웠지. 나도 나의 친구들도 그리고
홍콩에서 온 클럽의 그들까지 말이야. 우리는 아무것도 몰랐어.
그때 몇 가지 소문이 들려오더라고. 홍콩에서 온 몇 명이 경찰의
수사를 피해 홍콩으로 돌아갔다고. 그 이후로 평화로운 시절은
다 끝난 거지. 하루는 앤디에게 메시지가 왔어.
"별일 없으시죠?"
자신의 메인 딜러가 별일이 없냐고 물어보는 것은 별일이 있다는
거야. 어쩌면 큰일이 나고 있다는 걸 수도 있지. 귀띔해주는 거야.

나는 아무도 없는 거실에 앉아 명상하기 시작했어. 나 자신을
다독여야 했거든. 논리적으로 내가 현재 겁먹지 않아도 될

이유를 나열하고 있었어. 지금 나의 걱정은 현재의 나에게만 영향을 미친다고 생각했지. 미래에 어떤 나쁜 일이 닥친다고 하더라도 지금 하는 걱정이 나에게 가져다주는 장점은 아무것도 없다고 나에게 말했지.

매일 누가 나를 쫓아오지는 않나 확인하며 살았어. 모르는 번호로 전화가 올 때는 심장이 미친 듯이 뛰기 시작했지. 앤디와는 한 달 넘게 연락하지 않고 있었어. 혹시 모르니까 말이야. 나와 친구들 모두 손에 가진 풀떼기는 바닥이 났지. 우리 모두 다시 성질이 더러워지고 있었어. 원숭이는 클럽으로 돌아갔지. 그러나 그렇게 한 달 두 달이 지나니 결국 아무 일 없이 끝나는가 싶더라고.

하루는 동사무소에 들를 일이 있었어. 무엇 때문이었는지는 기억이 안 나지만 등본을 떼러 가야 했거든. 일을 마치고 나는 집으로 터덜터덜 걸어갔지. 아무 생각도 없었어. 아니, 정확히는 집에 가서 무엇을 먹을지 생각하고 있었지. 심지어 메뉴도 기억이 나.
나는 집 앞에 하얀 셔츠를 입은 남자 둘이 서 있는 걸 확인했어. 그때만 해도 나를 찾을 사람은 없다고 생각했지. 내가 집의 문을 열려고 하는 순간 그중 한 남자가 나의 어깨를 잡으며 말하더군.

"여기 영장 있으니까 수갑 먼저 차자. 뒈지게 맞고 나서 말 듣지 말고, 착하게 가자."

무슨 건달이 하는 말인 줄 알았어. 그는 영장을 보여준 후 나에게 쇠고랑을 채웠지. 온갖 욕설과 폭력적인 협박과 함께 말이야. 미란다 원칙을 읊은 후 내 집을 뒤졌지. 그래도 아무런 증거도 찾을 수 없었어. 이미 연기를 피우는 삶과 이별한 지 몇 달이 되었거든. 형사의 욕설을 들으며 나는 생각했어. 내가 그렇게 큰 잘못을 했는지 말이야.

집에서 나와 형사의 차로 향하던 나는 너무나도 창피하고 절망적이었어. 수갑이 채워진 나의 손목을 이웃들이 보고 있더군. 나는 형사에게 말했어.
"저 진짜 잘못한 거 없는데요."
"지랄하네."

그렇게 경찰서로 향했지. 너무도 긴 시간 동안 조서를 썼어. 돼지와 원숭이도 경찰서에 왔지. 다행히 그들은 수갑을 차지 않았어. 조서를 쓴 후 집으로 돌아갈 수 있었지, 나와는 다르게. 형사들은 마치 내가 겪었던 면접관들처럼 나를 인간 이하로 취급하더라고. 나는 그 형사의 이름과 얼굴을 똑똑히

기억해뒀어. 복수나 다른 것을 위해서가 아니었어. 그저 내
느낌이 말했어. 그래야겠다고.

경찰은 우리의 소변으로 마약 간이 테스트를 했지. 아무것도
나오지 않았어. 그리고 우리의 머리카락을 잘라갔지. 머리카락이
잘리는 건 정말로 자존심이 상하는 일이야. 그 결과가 어떻게
되었는지는 알지 못해. 수색으로 얻은 증거는 없었지. 그러나
나는 조서를 쓸 때 대부분 솔직하게 대답했어. 홍콩에서 온
인간들에 대해서는 한 마디도 하지 않았어. 앤디에 대하여 아는
것은 하나도 없었지. 말하고 싶어도 말할 것이 없었어.

조서를 쓰는 과정은 정말 형식적이었어. 언제 어디서 몇 번
어떻게 피웠냐고 묻더군. 3년의 시간 동안 매일 5번 이상
피워온 거를 어떻게 다 적어가겠어. 형사들이 알아서 스토리를
맞추는 걸 보고 있었어. 조서를 작성하는 데만 8시간이 걸렸어.
프린트한 조서는 책과 같이 두꺼웠지. 그러나 아무 증거도
없었고 간이 검사의 결과는 음성이었어. 나의 은행 계좌 목록도
보여주더군. 그곳에는 돼지와 원숭이가 원금을 보낸 기록밖에
없었어. 홍콩 애들과는 현금으로 거래했거든. 프린트 된 종이에
지장을 찍고 나는 유치장으로 넘겨졌어.

창살 뒤에서 가만히 앉아 있었지. 나는 누구를 때리지도
않았어. 누구를 죽이지도 않았지. 누구의 돈을 빼앗지도 않았어.
피해자는 없었어. 아니 정확히 말하자면 피해자가 있었지.
그건 나였어. 이곳에 갇혀 있다는 피해 말이야. 그렇게 나는
창살 안에서 이틀에 가까운 시간을 보냈어. 절도범들과
폭력범들 그리고 건달들과 함께. 짜증 나는 시간이었지.
그곳의 밥은 정말 맛이 없었어. 변기는 더러웠지.
나의 몸을 수색하는 과정은 수치스러웠어. 진정한 폭력 전과자와
같은 공간에 있는 것도 슬펐어. 나에게는 너무나도 어둡고
힘든 시간이었는데 창살 밖의 경찰들은 TV 프로그램 얘기나
하는 것에 분노도 느껴지더라고.

그곳에서 잠이 들 때 눈물이 흘렀어. 잊지 못하지. 슬픔보다는
분노의 눈물이었어. 아무도 다치게 하지 않았는데 이곳에
있다는 분노, 행복한 삶을 보낸 죄로 이곳에 있다는 분노 등등
말이야. 물론 다른 이들에겐 자기 합리화로 들리겠지.
나를 체포했던 형사들이 유치장으로 와서 나를 꺼내주었어.
나는 무슨 일이 일어나고 있는지 알 수 없더군. 형사는 나에게
다 끝났다고 말했어. 그게 전부였어. 나는 경찰서 앞에서 끊었던
담배를 피운 후 택시를 타고 집에 갔지. 굴욕감이 느껴졌어.
그보다 앞으로 어떻게 될지 모른다는 공포가 너무나도 크더라고.

그 이후로는 길에서 경찰차의 사이렌 소리만 들어도
가슴이 뛰었어. 마치 베트남전에서 돌아온 참전용사들처럼
말이야. PTSD(외상후 스트레스 장애)를 앓았지. 나의 잘못에
대한 정당한 죗값을 치렀다고 생각했다면 그렇게 나약한 모습을
보이진 않았을 거야. 즉 내가 실제 피해자를 만든 범죄자였다면
더 나았을 거야.

시간이 흐른 후 나는 돼지, 원숭이와 함께 검찰청으로 향했어.
뭐가 어떻게 되어가는지 몰랐어. 가는 길에 원숭이가 나한테
했던 말이 기억나.
"야. 아버지한테 말해서 다 잘될 거니까 걱정하지 마.
대답만 하면 돼."
그곳에서 우리는 수사관의 질문에 몇 가지 대답을 했어.
몇 주가 지나 같은 곳에서 검사를 만났지. 기소유예라더군.
수사관은 나에게 말했어.
"검사님이 특별히 이번만 봐주는 거니까, 앞으로는 이런 거
절대 하지 마세요."

즉 기소되지 않은 거야. 죄는 지었지만 판사 앞에서
판결 받기에는 죄가 경미했다는 거지. 나는 친구들과
검찰청 주변에서 식사했어. 나는 원숭이에게 그간 무슨 일이

있었느냐고 물었지. 내가 잠시 그의 아버지가 경찰의
고위 간부라는 걸 까먹고 있었거든. 원숭이가 모든 걸
이야기해줬어.

"일단 네가 유치장에서 나올 수 있었던 건 아버지한테
내가 다 사실대로 말해서고. 우리 담당 검사는 우리 아버지랑
친한 변호사의 후배래. 그래서 그 변호사 아저씨랑
우리 담당 검사랑 술 한잔 했나봐."
나는 나중에 전관예우라는 말을 배우게 되었지만 결국 모든 게
잘 풀린 거지. 그러나 그날 이후로 나는 달라졌어. 세상을 향한
분노가 생겨났지. 원숭이는 내가 체포당하고 유치장에서 보낸
시간들에 대해 사과하고 싶다고 하더군. 나에게 이번 사건에
대한 사과로 같이 여행을 가자고 하더라고.

나는 그가 왜 사과하는지 몰랐어. 그러나 그가 사과를 했다는
건 어떤 사실을 분명하게 만들었지. 그가 얻은 것이 있고,
내가 잃은 것이 있다는 걸 말이야.
식사하면서 이야기할 때 돼지는 별말이 없었어.
그저 SNS를 보고 있었지. 그곳에는 나의 대학 동기였던 윤아가
돈 많은 남자의 차에 타서 찍은 사진들이 있더군.

애나

연기가 새어나오는 VIP룸을 바라보았지.
모두 쓰레기 같다는 생각뿐이었어.

원숭이가 제안한 여행을 가지는 않았어.
그가 나에게 줄 수 있는 건 아무것도 없었지.
나는 술도 마시지 않았으니까 말이야. 그러나 여행 대신
얻은 것이 있어. 다른 독약을 얻었지. 그는 나에게
소개해줄 사람이 있다며 나를 클럽으로 데려갔어.

그곳에는 홍콩에서 온 그 여자가 있더군. 애나. 검정 바탕에
꽃무늬 패턴이 있는 원피스를 입고 있었어. 클럽의 다른
여자들과는 분명히 다른 인상이었지. 원숭이는 나에게
그녀를 소개해줬지. 그녀는 이미 나에 대해 알고 있는 듯했어.
모를 리가 없었지. 그녀의 친구들과 많은 거래가 오고 갔으니
말이야.
그녀는 악수를 하며 말을 했어.

"고마웠어요."

뻔한 말이지. 자신의 이름, 자기 친구들의 이름을 불지 않아줘서
고맙다는 말이었어. 그녀는 나에게 말했어.
"단순 공동 구매, 흡연 등은 사실 상관없어요.
저의 이름이 나왔다고 해도 기소는커녕 경찰서에 들르라고
전화 한 통 할 수 없었을 거예요. 그렇지만 클럽에 영향이라도
끼치게 되면 귀찮아지거든요."

그녀는 나에게 명함을 하나 건네줬어. 어떤 웹사이트의 주소가
적혀 있던 명함이었어. 그게 전부였어. 부탁할 게 있으면
자신의 이름을 이용하라고 하더군. 클럽에서 그녀는 건드릴 수
없는 존재 같았어. 그 이유는 그 명함에 있었지. 그것에 관한
얘기는 나중에 충분히 할 수 있을 거야.

그녀와 인사를 나눈 후 나는 테이블로 돌아와서 사람들을
바라보았어. 온갖 더러운 양아치들밖에 보이지 않았어.
어려 보이는 여자들이 연예인과 홍콩 애들이 있는 룸으로
끌려가고 있었지. 클럽의 투자자 중 한 명은 다른 여자의 술에
약을 떨어트리고 있었어. 바의 테이블에서는 온갖 약을
다 빨고 있더군.

나는 그 모습이 싫었어. 애나는 그런 나를 바라보고 있었어.

나는 다시 일상으로 돌아와야 했어. 일상에서 나는 다시
체포될지 모른다는 강박 관념에 시달리며 살았어. 피해망상이고
정신병이지. 그렇게 날카로운 신경을 갖고 살아가자니
일일 아르바이트에도 적응하기가 힘들었어.
운동은 그만두었고 술 없이는 살아가기 힘들었지. 정신과에
다니며 대마초와는 비교도 안 될 독한 약들을 합법적으로
먹으며 살아갔어. 지금 생각해보니 웃기지. 나의 몸을 죽이는
것들은 대부분 합법이었다는 게.

그러나 나 자신도 알았어. 계속 이렇게 살아갈 수는 없다는걸
말이야. 나는 다시 한번 술을 끊고 면접을 보러 다니기 시작했어.
물론 대부분은 붙지 못했지. 심지어는 면접장까지 갔지만
나의 이름을 부르지 않아 아무 일도 없이 돌아온 적도 있었어.
운 좋게 물류센터에서 일할 기회를 얻게 된 적도 있었지.
그러나 다른 직원들의 텃세를 견디기가 힘들었어. 나름 나의
최선을 다하고 있을 때면 뒤에서 들려오는 소리가 있었지.
"아 답답해, 진짜."

회사의 팀장과 부장은 나의 실수에는 절대 관대하지 않았지.

그들은 회사에서의 생활뿐만 아니라 나의 사생활에도 관여하기
시작했어. 하루는 기계와도 같이 짐을 옮기고 있었어. 그런데
밖에서 사이렌 소리가 들려오더군. 나는 집중력을 잃었어.
물건들이 쏟아졌지. 팀장은 나를 따로 불러서 이야기했어.
"미안하지도 않으세요?"

헛웃음만 나왔어. 그곳에서의 생활은 6개월도 가지 않아
끝이 났지. 긴 시간이 흘러서인지 마법의 연기에 취해서 살던
시간이 존재하기는 했었는지 실감이 나지 않았어. 나는 돼지를
찾아갔지. 오랜만에 그가 보고 싶었어. 그는 늘 같은 시간,
같은 이탈리안 식당에서 일하고 있었지. 내가 들어가 자리에
앉았을 때 나는 손님 중 한 명이 그에게 짜증을 내고 있는 걸
볼 수 있었어.

"제가 안 시켰다니까요. 어차피 다시 갖다달라고 하면
또 종일 걸리실 거잖아요."
그를 바라보며 나는 생각했지. 모두들 이렇게 살아가는 건지
말이야. 왜 서로에게 조금 더 친절할 수 없을까 생각했어.
내가 만났던 면접관들 지난 회사의 상사들, 그리고 이 식당의
손님들이 연기에 취해 있다면 분명 친절할 거란 상상을 했어.

돼지는 식당의 마감을 끝낸 후 내가 앉은 테이블에 앉으며
말을 했지.

"예전이 좋았는데 말이야. 그렇지?"

"과거로 돌아갈 수 있으면, 돌아갈래?"

우리는 예전처럼 서로의 눈치를 봤지. 누가 먼저 말을 꺼낼까
눈치를 보고 있었던 거야. 맨정신으로 살아가기엔 쉽지 않은 걸
우리는 모두 알고 있었거든. 남자가 서른을 넘으면 이상과 꿈을
적당히 포기한 후 시선을 돌릴 다른 곳을 찾게 돼. 누군가는
헬스 같은 운동에 빠져서 살아. 어떤 이들은 여자친구나 아내와
타협하면서 사는 삶을 택하지. 그리고 또 어떤 이들은 술에,
게임에, 중독성 있는 어떤 것들에 몰입하는 거야.
차츰 맨정신으로 살아가기에 사회에 남은 좋은 옵션이
별로 없다는 걸 깨닫게 되거든.

나는 다시 한번 돼지와 그의 집으로 돌아가서 인터넷 속
세상을 여행하고 있었지. 세상은 그대로였어. 그동안 TV에서
'마약과의 전쟁' 같은 뉴스가 나오기는 했지만, 검색창의 결과는
그대로였지. 마치 마약과의 전쟁에서 마약이 이긴 것과 같았어.
우리는 다시 앤디에게 연락을 할 수는 없었어. 우리의 PTSD를
자극할 뿐만 아니라, 그동안 무슨 일이 있었는지 회포를 풀기는

싫었거든. 물론 그가 답장을 할 거라는 확신도 없었지만 말이야.

우리는 새로운 딜러를 찾았어. 1그램에 10만 원이라는 합리적인
가격이었지. 물론 우리나라에서는 말이야. 외국인들이 보면
미쳤다고 하겠지만. 통제가 심해서일까? 딜러들이 감수하는
리스크가 커서일까? 이곳에서는 금은보화보다 비쌌지.
마약상들이 살기 좋은 나라야. 잡히지 않을 자신이 있다면
말이지.

그의 방식은 앤디와 같았어. 텔레그램을 통해 연락했고
비트코인을 이용해 송금했지. 그러나 앤디와 다른 부분이
있었지. 그는 던지기 수법을 이용했어. 그는 우리가 있는
지역을 지나는 시간을 알려주더군. 마치 24시간 다른 동네들을
순찰하듯 계속해서 돌아다녔어. 그는 저녁 9시쯤 내가 있는
곳을 지난다고 말했어. 100만 원을 송금하고 우리는 정확한
위치와 시간을 얻었지. 그가 말한 장소에 9시 15분에 도착했을
때, 그곳엔 아무것도 없더군. 사기를 당한 거지.

나와 돼지는 근처의 편의점에 앉아 이야기를 나눴어. 우리에게
100만 원은 큰돈이었거든. 돈은 언제든 다시 찾을 수 있어.
그러나 중요한 건 우리의 마음속에 분노가 남아 있었다는 거야.

세상으로부터 도망친 사람들을 이렇게 대하면 안 된다는 생각이
들었지. 나는 그때 전에 애나가 나에게 건넸던 명함을 떠올렸어.

나와 돼지는 집으로 돌아와 명함에 있는 주소를 입력해
사이트에 접속했어. 그곳은 마치 중국 사이트와도 같더군.
그러나 어색한 한국말도 많이 쓰여 있었어. 길림, 연변, 청도
등의 사무실 주소 또한 쓰여 있더군. 우리는 과거의 기억을
떠올렸어. 그 사이트의 자유게시판으로 이동했지.

공지 사항에는 심부름센터 이용 방법이라는 글이 있었어.
돼지는 우리에게 사기를 친 인간에게 화가 나서 바로
심부름꾼들과 접촉하고 싶어했어. 나는 돼지에게 말했어.
애나와 얘기를 먼저 해보겠다고. 돼지는 사기꾼을 잡아
몇 대 때릴 생각뿐이었을 거야.

나는 클럽으로 향했어. 애나는 역시나 같은 자리에 있었지.
여전히 우아했어. 그녀는 나를 보고 미소를 지었어. 마치 내가
돌아올 걸 알고 있었다는 것처럼 말이야. 나는 그녀에게
오늘 무슨 일이 있었는지 설명했지. 그녀는 나에게 사기꾼의
텔레그램 아이디를 보여달라고 했어.
그녀는 테이블에 올려져 있던 핸드폰이 아닌 다른 핸드폰을

이용해서 무엇을 검색하기 시작하더군. 그녀의 핸드폰에는
어떤 남자의 사진이 있었어. 마치 교회에서 찍은 것 같았어.
그녀는 말했어.

"이 사람이네요. 얼마나 멍청하면 자신이 과거에 쓰던 아이디를
텔레그램 아이디로 이용하죠?"
"이건 뭐예요? 교회에 있는 거예요?"
"여기 교회 전도사래요. 크리스천 전도사한테 던지기 사기를
당하니까 어때요?"

그녀는 웃으면서 칵테일을 마셨어. 나는 그녀에게 그녀가 줬던
명함을 건넸지. 그녀는 물었어.
"그 사이트 들어가보셨어요?"
"네."
"죽이는 게 병신 만드는 거보다 싸요. 애들은 작업하고
바로 돌아가니까 잡힐 걱정도 없고. 송금도 중국에서 중국으로
하게 되니 꼬리 잡힐 일도 없고요."

그녀는 그 웹사이트는 중국에 있는 조선족들이 돈을 받고
없어져야 할 사람들을 없애주는 곳이라고 했어. 청도에 있는
불법 도박 사이트를 이용해 송금을 해서 걸릴 일도 없다고

하더군. 그러나 나에게는 100만 원도 큰돈이었어.
고작 사기꾼에게 복수하기 위해 큰돈을 쓸 이유가 없었지.
그때 애나가 나의 볼에 키스한 후 말을 하더군.
"제가 알아서 할게요. 빚진 것도 있으니까."

돼지에게 돌아가는 길에 그녀의 입술이 닿았던 볼을 만지게
되더라고. 그녀의 마음을 알고 싶었어. 확실한 건, 그녀도
나의 마음을 알고 싶어할 것 같았어. 우리의 다른 점이 서로를
끌리게 했다면 내가 그녀와 비슷해지는 날, 그녀 같은 사람이
되는 날에는 어떻게 될지 생각도 했지.

내가 돼지에게 의논하러 돌아갔을 때 그는 나의 볼에 있는
립스틱 자국을 보고 나를 놀리기 시작했어. 나는 그에게 무슨
일이 있었는지 설명은 했지만, 우리 둘 다 앞으로 무슨 일이
일어날지는 알 수 없었어.

정확히 일주일이 지났어. 애나는 나에게 창고들이 모여 있는
경기도의 한 위치를 보내줬어. 그곳을 어떻게 설명해야 할지
모르겠어. 포장도로도, CCTV도, 가로등도, 아무것도 없는
곳이었어. 말 그대로 창고들만 있더군.
애나가 보낸 위치로 들어갔을 때 나는 의자에 묶인 한 남자를

볼 수 있었어. 그 옆에는 키가 작고 몸이 다부진 남자 셋이 있더군. 30대 후반, 40대 초반으로 보였어. 얼굴은 모두 까무잡잡했어. 그들은 나를 보고도 아무 말도 하지 않았어.

의자에 앉은 남자는 쉽게 알아볼 수 있었어. 사진 속의 남자가 있더군. 교회 앞에서 교회의 아이들과 사진을 찍은 전도사. 나와 돼지의 돈 100만 원을 갖고 우리를 바보로 만든 남자. 그는 이미 맞을 만큼 맞은 것처럼 보였어.

나는 창고의 뒤편 드럼통 옆에 있는 밧줄을 발견했어. 그동안 쌓인 분노가 폭발하는 것을 느꼈어. 마음속 나의 분노를 담은 그릇에 금이 가고 있었지. 나를 무시했던 면접관들, 나를 체포하고 나에게 망신을 준 형사, 나를 바보 취급하던 전 직장의 상사들, 나의 연락을 늘 무시하는 윤아, 나에게 아무런 관심도 없던 학교의 교수들, 부모. 모르겠어. 모든 분노가 스쳐 지나갔어.

한 걸음 한 걸음 다가갔지. 그의 뒷모습을 바라보며 나는 분명 알고 있었어. 그의 목숨을 빼앗을 정당한 이유가 없다는걸. 내가 남의 목숨을 빼앗는 사람이 될 필요가 없다는걸. 그러나 나는 앞으로 나아가는 걸음을 멈출 수 없었어.

그저 그럴 수 없었어. 관성처럼 말이야.

나는 밧줄을 들고 의자에 앉아 있는 그의 뒤에 섰어.
밧줄을 그의 목에 감았지. 한 쪽 발은 의자를 향해 힘을 주면서
밧줄을 잡아당겼어. 두 손의 밧줄을 손목에 한 바퀴 감아
젖 먹던 힘까지 쥐어짜냈어. 그렇게 30초도 지나지 않아
그는 의식을 잃더군. 그가 기절을 한 건지 죽은 건지는 몰라.
나는 바로 현장을 떠났거든. 아마 죽었겠지.

창고를 떠나며 나는 자유를 느꼈어. 단전으로부터 올라오는
진동. 가슴이 활짝 열리는 듯한 만족감을 느꼈어. 그 이후로
마약을 판매하는 모든 웹사이트에서 그 전도사의 이름은
다시는 찾아볼 수 없게 되었어.
나의 적성에 맞는 일을 마침내 찾은 기분이었지. 내가 갈 길은
이 길밖에 없었어. 어차피 내가 구속이 될 거라는 피해망상에
시달리며 살아갈 거라면. 그런데, 그게 망상이 아니라면
어떨까 생각했지. 만약 내가 진짜 죄인이라면 말이야.

그날 밤 꿈을 꿨지. 꿈에서 나는 양치를 하고 회사에 갔어.
회사의 사람들과 농담을 하고 커피를 마시며 일을 했지.
컴퓨터의 키보드를 두드리다 이른 시간에 퇴근해 집에 도착했어.

꿈에서 나는 연기에 취한 채 맛있는 음식을 먹고 영화를 봤어.
그렇게 꿈속에서 다시 한번 잠이 들더군.

꿈에서 깬 나는 애나를 찾아갔어. 그녀에게 의논할 게 많았어.
나의 적성에 대하여 상담 받을 부분이 많았지. 그녀는 원피스를
입고 칵테일을 마시고 있었어. 그날 역시 나를 보며 반갑게
미소를 짓더군. 그녀가 나를 볼 때마다 반겨준다는 사실은
늘 나를 기쁘게 만들었어. 나의 마음을 차분하게 만들어줬지.
어쨌든 그녀는 나에게 수고비 송금이 중국에서 중국으로
이루어진다고 말했지. 불법 도박 사이트를 이용해서 말이야.
나는 그것에서 힌트를 얻었어. 다시 행복한 생활로 돌아갈
아이디어를 얻었지.

나는 과거와 같은 실수를 반복하지 않았어. 나의 계좌를 연기를
구매하는 데 사용하지 않았지. 나는 대포통장이 필요했어.
물론 그 부분은 중국에서 불법 도박 사이트를 이용하는
애나의 친구들이 해결해줬어. 그들이 이용하는 대포통장에
잠시 무임승차를 한 거지. 경찰에게 걸리지 않기 위해서
점점 더욱 큰 죄를 짓게 되더군. 법이 두려워서 더욱 큰 죄를
짓게 되었어. 연락을 위해 선불폰도 구매해야 했지.

앤디와의 거래는 계속되었어. 아무 일도 없었다는 듯이 말이야.
나와 돼지는 클럽을 위해 점점 더 많은 양을 공급하기 시작했지.
우리는 더 이상 일을 하지 않아도 되었어. 약을 팔아 5만 원을
벌든 500만 원을 벌든 간에 엄벌만이 기다리고 있다면 우리는
도박을 할 준비가 되어 있었지. 앤디도 슬슬 눈치를 채는 듯했어.
그는 나에게 물었지.

"괜찮으세요? 별일 없으시죠?"

"네. 별일 없습니다."

그는 나에게 물은 거야. '네가 장사를 하려나본데 나에게 피해
없게 해라.' 나는 대답한 거지. '걱정하지 마라.'
나와 애나는 점점 가까워졌어. 나는 그녀의 우아함이 좋았어.
항상 여성스러운 원피스를 입는 것이 좋았어. 위스키나
테킬라를 들이마시기보다는 천천히 칵테일을 마시는 게 좋았지.
그녀가 미술사에 다양한 지식이 있는 게 좋았어. 나는 여전히
클럽을 싫어했지만 그곳에 가야 할 이유는 점점 많아졌지.

나중에야 알게 되었지만 애나의 아버지는 중국 삼합회의
간부였어. 그러나 자신만의 사업을 하기 위해 홍콩으로 가서
많은 돈을 벌었지. 물론 합법적인 일들은 아니었겠지.
합법적인 일들을 위해서는 한국의 기업들과 많은 교류를

했지. 이곳 클럽의 투자인인 연예 기획사 같은 기업들 말이야. 불법적인 일들을 하기 위해서는 조선족들을 이용했어. 애나가 건네준 명함에 적힌 웹사이트. 그곳에 있는 사람들 말이야.

아버지가 남의 피를 흘려서 번 돈으로 애나는 외국에서 공부하고 아름다운 원피스를 입을 수 있었지. 나는 그녀가 진심으로 좋은 친구라고 여겼지만 마음 한쪽 편에는 늘 그녀가 나에게 쓸모 있는 존재라는 생각이 있었어. 범죄를 위해서 말이야. 애나는 나에게 말한 적이 있어. 내가 그녀의 아버지를 떠오르게 할 때가 있다고 말이야.

언제부턴가 나와 돼지가 클럽에 공급하는 방식은 꽤 체계적으로 변했어. 앤디는 우리에게 더 이상 가짜 신분의 내용을 보내주지 않아도 되었어. 우리 나름의 방식이 있었기 때문이야. 우리는 대포통장을 이용해 불법 도박 사이트에 배팅했지. 배팅이 된 돈은 비트코인을 통해 앤디에게 송금이 되었어. 물건을 대신 받아주는 이들까지 고용하기 시작했어. 돈이 그러고도 남을 정도였거든. 그렇게 연기는 클럽에서 불타올랐지.

1년이 채 되지 않은 시간에 나는 클럽에서 가까운 곳에 반전세 집을 구할 수 있게 되었어. 애나는 내 집에서 거의 살다시피 했지. 그 당시에는 최고의 투자였어.
자금 출처 조사를 받지 않아도 되니까 말이야.
물론 조사를 해봤자 그곳의 클럽으로 이어지겠지.
시간이 흐르고 나의 일은 앤디와 컨택하는 것뿐이었어. 배달도
클럽을 위한 공급도 돼지에게 알아서 하라고 했지. 그에게
배달하는 일에 고등학생을 시키지 말라고 여러 번 말했지만,
돼지는 무시했어. 그래도 나는 크게 신경 쓰지 않았지.

나는 나를 체포했던 형사의 얼굴을 늘 떠올렸어. 다시는 그의
얼굴을 보지 않기 위해 치밀하게 살아야겠다고 생각했지.
어차피 건널 수 없는 강을 건넜으니까 말이야. 잡히지 않기
위해서는 무엇을 못하겠어. 원숭이의 친구가 7년 형을 받았다는
이야기를 들었어. 물론 우리와는 전혀 관계가 없는 인간이었지.

그는 필로폰이나 헤로인을 팔지도 않았어. 길에서 외국인들에게
대마를 2~3그램씩 팔았던 것뿐이지. 그런데 7년을 받았어.
허용된 외국에서라면 편의점에서 껌을 사듯 쉽게 살 수 있는
대마였지. 그러나 그 친구는 7년을 받았어. 내가 무슨 생각을
했겠어. 더한 짓을 하더라도 잡히지 않겠다는 생각을 했지.

하루는 돼지가 문제가 있다며 나를 찾아왔어. 대포통장을

전해주던 사람 중 한 명이 자수하겠다고 돼지를 협박했어.
사실 그가 자수한다고 하더라도 우리에게 큰 영향이 미치지는
않았어. 그러나 나의 머릿속 피해망상은 조금의 위험한 불씨도
용납하지 않았지. 나는 애나와 상의를 했어. 일주일이 지나
자수하겠다는 남자를 인천의 창고에서 만날 수 있었어.

그는 나의 과거를 떠올리게 했어. 나에게 사기를 친 전도사를
밧줄을 이용해 죽였던 과거 말이야. 속옷만 입은 채 공포에 떨고
있는 그의 눈을 바라봤어. 그를 존중하고 싶었어. 그의 생사가
나의 손에 달린 것은 사실이었지. 그러나 나는 과거 면접관의
말이 떠올랐어.
'아직 앉으라고 안 했는데요?'
뭐, 결과는 다르지 않아. 의자에 앉은 남자는 죽게 되었지.
그러나 나는 어떠한 고문이나 그의 명예를 해하는 행위를 하지
않았어. 그의 뺨을 때리는 조선족들에게 그만두라고도 했지.
그에게 반말도 하지 않았어. 상황이 이렇게 되어 그가 죽어야만
했지만 내가 그보다 나은 인간은 아니니까 말이야.

지난번의 경험에서 배운 게 있다면 밧줄로 목을 조르기 전에
장갑을 껴야 한다는 거야. 손이 매우 아프더군. 그렇게 나는
장갑을 낀 손으로 밧줄을 잡아 그의 목에 감았지. 처음이

어렵지 점점 즐기는 법을 배우게 되더라고. 죽이는 과정에서
말이야.

내가 직접 그를 죽일 이유는 없었어. 그러나 이것이 그를
존중하는 최선의 방법이라는 생각을 했어. 내가 힘을 가할수록
한 생명은 점점 희미해졌지. 나의 앞머리는 내 눈을 찌르고
그의 발버둥과 신음은 시끄러웠어. 불편한 건 그것뿐이었어.

이렇게 가끔이지만 몇 년 동안 폭력을 써야 할 일들이 여러 번
있었어. 하루는 클럽의 DJ를 죽여야 할 일도 있었지. 특별한
경우여서 기억이 나. 그러나 대부분은 나의 사업에 차질을 빚는,
심지어는 줄 수도 있는 이들을 애나의 인력을 이용해서
미리 제거한 거야. 누구를 죽이더라도 나는 나의 손으로
직접 그들의 목숨을 앗았어. 애나가 고용한 이들은 죽어가는
이들에게 아무런 존중을 보이지 않을 걸 알았거든.

명예가 없는 이들에게도 죽음의 순간에는 존중하기 위해
노력했어. 리스펙트가 없는 관계의 쓸쓸함은 내가 이미 잘 알고
있거든. 그렇지만 DJ의 경우에는 정말 존중하기 힘들었지.
그는 클럽에 자주 드나들던 미성년자에게 필로폰과
엑스터시 등을 권했어.
나는 그런 약들은 취급하지 않아. 즉 그만의 문제였지.

DJ는 미성년자의 부모에게 연락해서 말했지.
'당신의 자녀가 마약을 하는데 내가 신고를 하려 한다',
뭐 그렇게 협박을 하며 돈을 받아내려 한 거지. 그때 나는
생각을 했어. DJ와 그들의 문제였지만 부모가 결국 경찰에
신고한다면 어떻게 될까? 이곳의 클럽에 수많은 마약이 있다는
걸 경찰이 알게 된다면?

결국 그는 창고의 의자에 묶여 나와 대면할 수밖에 없었어.
그는 겁에 질려 허세가 섞인 욕설들을 내뱉고 있었어.
나는 그가 명예가 없는 사람이라는 생각을 했지. 그러나 그것은
나의 기준이고 나의 판단이었어. 그를 죽일 때도 아무런 모욕을
하지 않았어. 반말조차 하지 않았어. 목을 졸라 죽였지.
그가 가벼운 인간이었던 만큼 그때는 큰 즐거움이 없었어.

그를 죽인 후 처리하는 작업을 가만히 보고 있었어. 이제는
이런 광경이 더 이상 아무런 느낌도 주지 못했어. 그저 바라볼
뿐이야. 움직이고 욕도 했던 육체가 해체 되는 것. 쏟아지는 피는
나의 머릿속 고뇌를 씻어주었어. 중국에서 온 업자들이
톱을 이용할 때 나는 담배를 입에 물 수밖에 없었어.
어떠한 감정 때문이 아니야. 그 냄새는 향기롭지 않거든.
담배의 냄새로 나의 코를 막아야 했지. 나는 향수가 뿌려진

옷 소매의 향을 다시 확인했어. 그래봤자 나의 몸뚱이 안은
해체된 저 인간처럼 냄새가 나겠지.

변명의 여지가 없지만 솔직히 이야기하자면 누군가를 죽인다는
것에 양심의 가책은 없었어. 심지어 사람들을 바라볼 때
그들이 죽어야 할 이유를 떠올렸지. 식당에서 누군가를
바라보며 생각했지. '저렇게 말이 많은 사람이 나의 측근이라면
그를 분명 죽여야 할 거야.' 카페에서 자신의 돈을 자랑하며
사람을 계급으로 나누는 인간을 보며 생각했어. '정말
천박하구나. 저 인간을 죽일 때는 꽤 만족감을 느낄 것 같아.'

나는 잡히지 않기 위해, 적들을 제거하기 위해 술조차도
입에 대지 않았어. 늘 뚜렷한 맨정신을 유지하고 있었지.
사람들이 죽어야 할 이유를 떠올리는 것이 나의 취하지 않은
맨정신이었어.
우연의 일치인지 많은 사람들이 죽어갈수록 더욱 많은 돈을
벌게 되었어. 구매와 판매가 이루어지는 양은 그램에서
킬로그램으로 변했지. 그러나 나는 비싼 차를 사지 않았어.
이사를 가지도 않았지. 명품을 판매하는 곳에는 발도 들이지
않았어. 더 이상 연기를 피우며 살지도 않았지. 날카로운 정신을
유지하기 위해서 말이야. 폭력이 연기를 대신하게 된 거야.

이제는 더 이상 무엇을 위해 돈을 버는지도 모르겠더군.
돼지가 스포츠카를 구매하고 필요하지도 않은 방들이 딸린
집을 구매할 때 나는 걱정이 되었어. 그의 멈출 줄 모르는
소비가 내가 경찰에 잡힐 이유가 될지 말이야.

LA에서 거울을 보았을 때 거울 속에 전혀 다른 사람이 서 있던
걸 기억해. 이제는 내가 그 사람이 된 것 같았어. 더 이상 돈의
필요성은 느끼지 못했지. 대신에 나의 머릿속에는 무엇이
나의 자유를 빼앗아갈 잠재적 위협인지 그 생각으로 가득했어.
그때 깨달은 것 같아. 떠나고 싶었어. 지금까지 모은 돈만
가지고 아예 다른 곳으로 떠나고 싶었어. 더 이상 언제 체포될지
걱정이 되지 않는 곳으로, 사람들을 바라보며 죽여야 할 이유를
떠올리지 않아도 되는 곳으로. 나는 떠나고 싶었어.

클럽에 가기는 싫었지만 애나의 옆을 지키기 위해 클럽으로
향했던 날들이 있어. 테이블에 앉아 클럽의 사람들을
바라보았어.
새로 온 DJ를 바라보았지. 명품을 입고 술을 들이붓고 있는
돼지를 바라보았어. 연기가 새어나오는 VIP룸을 바라보았지.
모두 쓰레기 같다는 생각뿐이었어. 애나가 나에게 물었지.

"괜찮아? 무슨 생각해?"

"어디로 도망가고 싶다는 생각 안 해봤어? 아예 새로운 곳으로
떠나서 새롭게 출발하고 싶다는 생각?"

"나한텐, 이곳이 도망친 곳인데?"

애나의 대답은 나를 우울하게 만들었어.

그 순간 나의 핸드폰에 뜬금없는 문자가 한 통 왔지. 윤아의
문자였어. 자신의 남자친구랑 같이 한 잔 하자는 문자였어.
뭐 하자는 건지 생각했어. 나는 더 이상 그녀에게 어떤 미련이나
남은 감정이 없었어. 그러한 감정이 있었을 때, 즉 10년 전에는
그녀의 모습을 동경하기도 했지. 그녀의 독립적인 모습과
자신감을 동경했어. 그녀가 나의 연락을 무시할 때는 기분이
나쁘기도 했지.

그러나 지금은 아무런 생각이 없어. 돈 많은 남자를 만나
눈치나 보며 빌빌대고 다닌다는 이야기를 들었지. 그래도
동창이고 친구였어. 나쁘게 생각할 건 없지. 굳이 냉소적이긴
싫었어.

그녀가 현실과 타협한 모습은 어떨지 궁금하기도 하고.

윤아

행복하기 위해 내린 선택들이
나를 행복으로부터 밀어냈던 거야.

그녀와 그녀의 남자친구를 만나기 위해

나는 핸드폰으로 지도를 보며 골목을 돌아다녔어.
늦여름이었지만 땀이 나는 게 싫었던 기억이 나. 차들을 위해
길을 비켜주는 것도 짜증이 났었고. 금수저들이 가는 비싼
식당은 늘 대로변에는 없더라고. 나는 그들이 있는 일식집을
찾아 문을 열었어.
신발을 벗고 안으로 향했지. 윤아와 그의 남자친구가 보이더군.
그녀는 서른이 넘어서도 아직 이십 대 중반 같은 미모를
유지했어. 아니, 오히려 대학 시절보다 더 젊어진 것처럼 보였어.
아무래도 돈이겠지. 그녀를 젊게 만드는 것은.

윤아는 손을 흔들며 자신의 테이블로 나를 불렀어. 그때 나는
그녀의 남자친구를 만날 수 있었지. 그는 미소를 지으면서

악수를 청했어. 하얀 피부와 큰 눈, 삼십 대 후반 정도로 보이는
남자였어. 운동을 즐겨하는지 체격은 건장했지. 그러나 나는
그와 악수할 때 느낄 수 있었어. 그의 손이 부드럽다는걸.
나는 그들과 같은 테이블에 앉아 오렌지 주스를 주문했어.
윤아가 웃으며 말했어.

"무슨 오렌지 주스를 마셔? 술은 안 마셔?"

"술 끊은 지 꽤 됐어."

"맨정신으로 어떻게 사냐?"

"아니, 근데 웬일로 연락했어. 무슨 일 있어?"

그때 종업원이 회와 나베, 튀김 등을 테이블에 늘어놓기
시작했어. 그들은 사케를 마시고 있었지. 사이가 좋아 보였어.
양지에서 성공한 청년과 그런 남자를 만난 젊고 건강한 여성의
데이트. 나와는 상관없는 이야기지. 윤아는 나의 질문에
대답했어.

"내가 남자친구한테 너 자랑을 많이 했거든. 대학 시절부터 엄청
특이한 친구가 있다고. 그래서 요즘 너 소식도 들리고 해서……."
순간 나는 그녀의 말을 가로채야 했어.

"내 소식? 내 이야기? 누구한테?"

"아니 그냥. 너 요새 클럽에서 일하는데 돈을 많이 번다고.
뭐 대충 들었어."

그녀는 말을 얼버무리더군. 나는 어느 정도 예상할 수 있었어.
분명 돼지가 술이나 약에 취해 그녀에게 돈 자랑을 했겠지.
그러고선 추억팔이나 나를 위한다는 명목으로 나의 얘기를 한
거야. 돼지가 어느 정도까지 말을 했을지 걱정이 되기도 했어.
그때 다시 한번 그 녀석을 향한 불신감이 커졌지.

나는 돼지가 나에게 거짓말을 한다든가 자신의 이익을 위해
나를 밟고 일어설 거라는 생각은 절대 하지 않았어. 그가 좋은
친구인 건 분명 믿었지. 하지만 그의 행동양식은 절대 믿지
않았어. 그는 믿었지만, 그의 말과 행동은 믿지 않았어.
윤아는 말을 이어갔지.
"아무튼, 남자친구한테 너 자랑을 많이 했더니 너를 꼭 만나보고
싶다는 거야. 그래서 같이 술 한 잔 하자고 불렀지. 근데 네가
술을 안 마시네?"

그녀는 자신의 남자친구를 나에게 소개해줬어. 캐나다에서
유학하고 무역업을 하는 남자라고 하더군. 나한테 분명 그렇게
말을 했어. 뭐 자신도 그렇게 알고 있었겠지. 인스타그램을 통해
만났다고 하더군. 그렇다면 돼지의 인스타그램도 확인했을
것이고 그곳에는 나의 사진도 있었겠지.

나와 그녀의 남자친구는 별다른 대화를 하지 않았어.
윤아가 너무 많이 취했었거든. 혼자서 사케를 2병이나 마셨지.
나는 늘 자신에게 말해. 절대 경거망동하지 말자고 말이야.
그런데 그날 술에 취해 아무 말이나 내뱉는 그녀의 모습은
경거망동 그 자체였어.
대학 시절에는 참 멋있었는데 말이야. 야망이 있는 여자였지.
그때쯤 그녀가 나에게 맨정신으로 어떻게 사냐고 물어본 게
이해가 되더군.

그녀가 너무 취해서 자리를 정리할 때가 되었어. 나는 그녀가
남자친구와 함께 자리를 나설 줄 알았어. 그러나 그녀의
남자친구는 그녀를 먼저 보내고는 다시 일식집으로 돌아왔어.
나와 따로 이야기하고 싶다고 하더라고. 그때 나의 예상은
이러했어. '윤아한테 더 이상 연락하지 말아주세요.'

이런 시답잖은 소리나 할 거라고 예상했지. 아니면 그녀의
과거를 묻는다든가 말이야. 어떤 것도 나의 흥미를 유발할 수
없을 거로 생각했어. 자리에 앉는 그에게 나는 물었지.
"그러고보니 이름을 안 물어봤네요. 성함이 어떻게 되세요?"
"앤디입니다."
헛웃음이 나왔어. 내가 물건을 구매하는 그 앤디. 순간의

직감이 말을 했어. 같은 이름을 가진 다른 사람이 앉아 있는
게 아니라고. 물론 거짓말을 한 건 아니더라고. 캐나다에서
유학했고 무역업을 하고 있기는 했지. 나는 그에게 윤아에게
어떻게 접근했는지 윤아에게 접근을 한 게 나를 만나기
위함이었는지 등은 물어보지 않았어. 그는 사케를 마시며
이야기했어.

"요새는 일교차가 커서 밤에는 춥네요. 얼굴 보고 얘기하는 건
처음이다. 그렇죠?"
"그렇네요. 평생 알고 지낸 것 같은데."
"처음 우리가 대화할 때만 해도 나는 캐나다에 있었고,
그쪽은 대학생이셨나?"
하얀 피부와 젠틀한 말투, 나는 그의 자연스러움과 나긋함에
위협을 느꼈어.

돼지가 처음 그에게 연락하던 날을 떠올렸어. 다른 이들보다
훨씬 저렴한 가격에 팔고 있었지. 그의 게시물은 다른
딜러들에게 밀려 웹의 구석에 자리하고 있었어. 그의 물건을
포스팅한 지도 꽤 오랜 시간이 흐른 뒤였지. 그는 따뜻한
나베 국물을 마신 후 이야기했어.

"그거 알아요? 예전에 캐나다에서 가져오는 것들도 있었지만
내가 직접 키운 것들도 많았어요. 아 그런데 술을 진짜
안 마시네요? 그럼 저한테 산 것들도 안 피우는 거예요?"

"예."

"대단하네요. 우리가 연락이 뜸한 적도 있었잖아요.
별일 없었죠?"

"예. 별일 없었어요."

나는 도대체 그가 나에게 원하는 게 무엇인지 몰랐어.
그러나 먼저 물어보지 않았지. 나는 당시의 삶에 어느 정도
만족하며 살고 있었어. 그는 편하게 식사하며 대화를 이어갔어.
잘도 먹더군.

"내가 재정비하고 다시 이 바닥에 뛰어들었을 때 당신한테
다시 연락이 왔어요. 나는 운명을 안 믿었는데 살다보니까
믿게 돼요. 운명을 믿어요?"

"아니요."

"뛰어난 위인들이나 성공한 사람들, 아니면 실패한 사람들이라도
그들의 인생을 보면 배울 수 있는 게 많아요. 운명이라는 게
있다는 생각이 들기도 하죠. 예상치 못한 선택 하나하나가
기대하지 못한 결과를 만들어내잖아요? 노력이나 자신의

의중과는 상관없이. 그렇지만 모두에게 선택권이 있다는 말
나는 안 믿어요.
그저 자신을 속이는 거죠. 내가 선택을 했다, 또는 할 수 있었다,
아니면 할 수 있을 거다. 그러나 우리가 어디에서 와서 어디로
갈지, 아주 사소한 선택들조차 우리는 제어할 수 없어요."
그는 원하는 것을 먼저 말하지 않았어. 나는 그의 헛소리를
들으며 그가 식사하는 걸 지켜만 보고 있었어. 나의 작은
선택들과 그의 작은 선택들이 우리 둘을 이곳에 있게 만들어준
거지. 그는 말을 이어갔어.

"나는 인생에서 제일 중요한 게 운이라고 생각해요.
노력은 별로 중요하지 않은 것 같아. 운이라는 건 누구를
만나게 되느냐에 관한 것 같아요."
"그렇죠."
"그쪽한테서 들어오는 주문이 많아지면서 저도 다른 상선을
알아봐야 했어요. 그렇게 그 사람에게 받은 물건이 당신에게
갔고 당신은 그 물건을 클럽에 풀었죠. 돈도 많이 벌었을 테지만
손에 피도 많이 묻었죠? 다 이해해요."

하얀 피부의 앤디는 나긋한 말투와 미소를 지으며 나에게
이해한다고 이야기를 하더군. 손에 피가 묻는 것을 이해한다고

말이야.

나는 항상 이 바닥은 피라미드 구조라고 말해왔어.

내가 5만 원에 사면 누군가는 10만 원에 구매하지.

또 다른 누군가는 15만 원에 구매하고 말이야. 앤디는 나에게

피라미드의 가장 위에 있는 남자를 만나보라고 말했어.

"내가 하고 싶은 말은 나를 거치지 말고 그분, 필리핀의

라이언하고 직접적으로 소통하면서 장사를 하시는 게 어떠실까

해서요. 물론 제 의견은 아니고 그분이 제안한 거예요.

뭐 하러 저한테 그램당 5만 원이라는 말도 안 되는 가격에 사요?

그분한테 다이렉트로 훨씬 더 싸게 받으면 되잖아요?"

"그러면 앤디 씨는, 괜찮아요? 내가 앤디 씨 자리를 꿰차고

들어가도?"

"그분이 지금 필리핀에 계시거든요. 근데 대마만 관리하는 게

아니에요. 모든 아편류 계열 약들을 다 한국으로 보내죠.

저하고 딜을 했어요. 대마는 당신한테 다 주고, 나머지 뽕이든

뭐든 그쪽은 제가 다 수입하는 거로."

"메스암페타민이나 코카인 분야는 진상들이 많을 텐데

괜찮아요?"

"세상이 변하고 있어요. 당신이 파는 대마가 금값이죠? 그런데

요새는 피자 한 판 값으로도 구할 수 있는 약들이 많아요. 뭐 한번 손대면 인생은 좀 치는 거겠지만. 아무튼 결국 같은 시장인데 관리하는 물품을 똑바로 정리하면 깔끔하잖아요?"

그의 말은 일리가 있었어. 지난 몇 년간 클럽과 지인들을 통해 약을 팔아왔지만, 다른 판매책 또는 나의 상선과 마찰이 없을 거라곤 예상하지 않았어. 나는 나의 아래만 바라보았던 거야. 클럽의 2층에서 약을 뿌린 후 1층에서 주워 먹는 인간들만 바라본 거지. 1층의 인간 중 문제가 될 사람들을 제거하면서 말이야.

그의 말을 거절하기는 어려웠어. 앤디의 머리 위에 있는 그 남자에게 싫다고 대답하면 무엇이 돌아올지는 뻔했으니까. 상선 꼭대기의 바로 아래에 있는 것은 눈 비로부터 나를 지켜줄 지붕 밑에 있는 것과 같았어. 구역이니 가격이니 남들과 마찰을 일으킬 일도 없어지겠지. 나는 그의 제안을 딱히 거절할 이유가 없었어. 나는 마음속으로 말했지. 어떤 방향으로 가든 나는 잡히지 않는 길로 간다. 잡히지 않고, 남에게 목 졸려 죽지 않고, 언제든 좌회전해서 떠날 옵션이 있는 길로. 나는 그에게 물었어. "제가 필리핀으로 직접 가야겠죠?"

며칠이 지났어. 하늘이 맑고 햇빛이 눈 부신 날 나는 돼지와 함께 공항으로 향했어. 앤디의 머리 위에 있는 남자를 만나기 위해. 나는 그에게 한 가지 조건을 걸었어. 필리핀에서 만나는 건 좋지만 보라카이에서 만나자고 말이야. 혹시나 일이 틀어진다고 해도 한국인이 넘쳐나는 휴양지에서 총을 맞을 일은 없을 테니 말이야.

나와 돼지는 지하철이 아닌 택시를 타고 공항으로 향했지. 그에게는 휴가라고 말했어. 그동안 일이 바빴으니 같이 휴가를 떠나자고 말이야. 평소와 달리 그는 차분했어. 공항에서 수속을 밟을 때 우리는 엑스레이 등을 통과해야 했지. 그때 이해가 갔어. 마약 탐지견이든 소지품 검사든 모두 필요한 과정이라는 걸 말이야. 나와 돼지는 게이트의 앞에 앉아 커피를 마시고 있었지. 그는 나에게 말했어.

"야, 우리 LA 가던 날 생각난다. 그렇지?"
"그렇네."
"요새 아티스트랑 연락하냐? 안 한 지 꽤 됐는데."
"최근에는 연락 안 했지."
"이렇게 평생 여행만 다닐 수 있으면 좋겠다."
그는 내가 걱정에 사로잡힌 것을 알아챈 듯 나에게 말했어.

"야, 아주 빠르게 날고 있는 비행기에서 제자리 점프를 하면
조금 뒤에 착지해야 하는 거 아니야?"
"뭐?"
"우리가 비행기에서 가만히 서 있다고 쳐봐. 그리고 점프했어.
그러면 우리는 공중에 있고 비행기는 계속 앞으로 움직이니까
우리가 점프 후에 착지한 곳은 처음보다 조금 뒤여야 한다
이 말이지."
"공기 저항이 없잖아. 바람이 우리를 뒤로 밀어내지 않잖아."
그의 말에 대답은 했지만 헛웃음이 났어. 그때 내가 무슨 생각을
하고 있었는지 도저히 기억이 나지 않아.

우리는 필리핀 마닐라 공항에서 우리의 가이드를 만났어.
우리 또래였지. 타오라고 불리는 청년이었어. 키는 크지 않았지만
꽤 잘생긴 필리핀 청년이었어. 그 역시도 필리핀의 라이언을
위해서 일하고 있었어. 라이언이 우리에게 가이드를 보내준 거지.
필리핀에도 블러드갱과 크립스갱*이 있는지 몰랐어.
그건 오직 캘리포니아에만 있는 줄 알았거든. 그러나 타오는
본인이 필리핀의 블러드 출신이라고 했어.

*미국의 캘리포니아를 대표하는 두 갱단.

마닐라에서 다시 한번 작은 비행기를 타고 내린 뒤 다시
차를 타고 20분을 달렸지. 나와 돼지는 바깥을 바라봤어.
정말 열악하더군. 휴양지도 아니고 도시도 아닌 곳들은
누구를 위해 존재하는지 생각했어. 야생 그 자체인 정글을
바라보며 저곳에는 무엇이 있을지도 생각했지. 차에서 내린
우리는 작은 보트를 타고 보라카이섬으로 향했어.

보트에 타기 전 어떤 사람들은 가방을 검사당했고,
어떤 이들은 따로 줄을 서야 했어. 그러나 타오는 그런 과정을
모두 건너뛸 수 있게 해주었어. 보트에 탄 나와 돼지,
타오의 앞에는 여행을 온 백인 남자들이 있었지.
그들은 휴가가 끝나면 정장을 입고 회사로 돌아가겠지.

드디어 섬에 발을 디뎠어. 오후 다섯 시쯤 되었을 거야. 하늘은
아름다웠어. 어째서 서울이 아닌 다른 모든 곳의 하늘은 나에게
아름다워 보이는지 모르겠어. 타오는 호텔 체크인을 도와주고
로비에서 나를 기다렸어. 호텔은 바닷가를 마주하고 있었지.
시설은 그리 좋지 않았지만 위치는 좋았어. 돼지가 짐을 풀고
내려오기 전까지 나는 로비에서 타오와 담배를 피우고 있었어.
그는 나에게 미리 알려주었어. 우리를 초대한 그 남자 라이언이
이틀 뒤 자정, 이곳 로비에 나타날 것이라고 말이야. 타오는

나에게 종이에 말린 싸구려 대마초를 선물이라며 준 뒤 떠났어.

돼지가 로비에 내려온 후 우리는 호텔 앞 바닷가에 앉았지.
해가 지고 있었어. 해가 질수록 하늘은 주황색에서 보라색으로
변하고 있었어. LA에서의 시간이 생각나기도 했어. 바닷가는
아름다웠어. 아직도 잊지 못해. 그리고 믿기지 않아.
내가 그곳에 있었다는 게. 나는 돼지에게 종이에 말린 대마를
건넸지. 그는 미소를 지으며 불을 붙인 후 연기를 머금었어.
물론 바닷가에선 담배도 피우면 안 되지만 말이야. 그는 슬슬
연기에 취해 눈이 붉어졌어. 그가 바라보는 바닷가는
내가 보는 바다와 석양보다 훨씬 아름다웠겠지.
그는 나에게 물었어.

"넌 이제 아예 안 피냐?"
"응. 그건 어때?"
"너무 건조하고 씨앗도 있고. 색도 바래져서 무시했는데
조금 세네. 어지러워. 아프간이나 북미에서 온 건 아니고
여기서 기른 것 같네. 인디카 계열인 것 같아. 차분해지네.
아니면 바다 때문일 수도 있어."
"여기서 기른지는 어떻게 알아?"
"그거 있잖아. 완도 김은 완도의 바닷바람을 맞아서 김들이

맛있는 거라고."

역시 그는 감성적이었어. 감성적이어서 미움을 받았고
감성적이어서 사랑받았지. 아직도 선명히 기억할 수 있어.
그의 눈에 보랏빛 하늘과 푸른 바다가 온전히 담겨 있던 모습을.
그는 나에게 물었어.

"야, 우리 이 짓거리 어쩌다가 하게 됐지?"
"무슨 짓거리?"
"이것들 모아서 파는 거 말이야."
"그냥 뭐. 클럽에서 사람들이 자기한테도 몇 개 좀 구해줄 수
없냐고 하니까 구해준 거지."
"그러다가 좀 많이 구해주게 됐다. 그렇지?"
"어차피 잡히면 최소 5년인데 이걸로 돈이라도 벌어야지. 아마
그렇게 생각했을걸."

나는 그에게 기다리라고 한 후 호텔에서 맥주를 한 병 가져왔어.
내가 돌아왔을 때 그는 모래 위에 그대로 앉아 있었어. 마치
파도에 무너질 모래성처럼. 나는 그에게 맥주를 건넨 후 그의
옆에 앉았어. 손의 모래를 털어냈어. 그가 나에게 물었어.
"야, 그럼 우리 대학은 왜 다녔냐?"

"자유롭게 살려고 다녔지."

"대학이랑 자유랑 무슨 상관이야?"

"경제적으로도 자유롭고. 대학을 나오면 주말에는 출근 안 해도
되는 직장을 구할 수 있을 줄 알았지. 직장 상사들로부터도
조금 더 자유로울 줄 알았지. 고졸에 들어가는 회사들은,
알잖아. 상사들이 존나게 갈구고 뭐 그런 수직적인 위계질서?
그런 거로부터 자유로워질 줄 알았어. 미래 걱정도 좀 덜하고."

"내가 볼 때 너는 직장생활 절대 못하는 스타일이야.
상사가 뭐라고 하면 바로 맥주병으로 대가리 깨버릴걸?"

"웃기지 마. 9시에 출근해서 6시에 퇴근하는 삶이 내 꿈이야.
출근해서 12시까지 키보드 좀 두드리고 점심 먹고, 커피 마시고.
6시에는 퇴근해서 저녁 먹고, 돈 좀 모이면 결혼도 하고.
그러면 너는 대학 왜 갔냐?"

"나야 뭐. 네가 공부하겠다고 하니까 따라 한 거지.
대학도, 과도 너 따라간 거고."

그는 연기와 맥주에 취해 모래사장에 손가락으로
그림을 그리고 있었어. 그때쯤 하늘은 완전히 어두워졌지.
해변의 뒤로 술에 취한 사람들이 거리에 하나 둘 나타나기
시작했어. 해가 있을 때의 아름다움과는 조금 거리가 있었지.

그때 돼지가 나에게 말했어.

"야. 기억났다."
"뭐가?"
"우리가 왜 이렇게 살게 됐는지."
"왜 이렇게 살게 됐는데?"
"내가 지금 피우는 이게 생각보다 훨씬 퀄리티가 좋네.
아무튼 지금처럼 살려고 그랬던 것 같아. 내 기억이 맞다면
나는 LA에서 느꼈던 느낌을 지금 느끼고 있어. 이런 기분으로
평생 살고 싶어서 우리가 여기까지 온 것 같아."

그때서야 나도 슬슬 기억이 나기 시작했지. 행복하기 위해 내린
선택 하나 둘 모두 나를 행복으로부터 밀어냈던 거야.
연기에 취해 평화롭게 사랑을 느끼며 살 수 있다면
접시나 나르면서 평생을 살아도 괜찮았지. 그런데 해변에 앉아
있던 그때의 나는 연기에도 취하지 않았고 술도 마시지 않았어.
건강하게 불행했지. 나는 돼지에게 물었어.

"야. 너 여기 남을래? 모은 돈도 여기서는 충분하잖아.
여기서 매일 바닷가에 앉아서 이거 피우면서 살면 되잖아."
"너는?"

그가 나에게 물었을 때 나의 머릿속에는 너무나도 많은
현실적인 이유가 떠올랐어. 그에게는 이곳에서 행복하게 지내면
어떻겠냐고 쉽게 말했지만, 같은 질문을 나에게 던지니 너무나도
복잡해지더군.

"잘 모르겠네. 불법 체류자로 결국 계속 살아야 되는 건가?
아니면 여기서도 가짜로 신분증을 구할 수 있기는 하겠지?
그렇지만 여기서 살기에는 너무 섬이 좁지 않아?
우리 클럽에 있는 지분이며 내 아파트는 어떻게 처리하지?"
그는 웃으며 나에게 말했어.
"네가 여기 남겠다고 하면 나도 여기에 남을게. 그런데 네가
돌아가겠다고 하면 나도 돌아갈게. 나는 원래 네가 가는 곳들만
따라다녀. 대학도 그렇고. 엄마가 늘 그랬거든. 나보다 나은
사람과 친구가 되어야 한다고 말이야."
우리는 자리에서 일어나 모래를 털고 호텔로 돌아왔어.
돌아오는 길에 그는 편의점에 들러 담배와 와인을 샀지. 와인과
연기에 흠뻑 취한 그는 옆의 침대에서 코를 골며 잠들었어.

다음날 우리는 즐거운 하루를 보냈지. 거리에서 기념품들을
구매했어. 물론 나는 사지 않았지만 돼지는 한국으로 돌아갔을
때 클럽의 친구들에게 주기 위해서 말이야. 바닷가 앞의 바에

앉아 칵테일을 마시기도 하고 섬에 있는 클럽에 들르기도 했어.
온종일 연기에 취해 돌아다니는 그의 모습은 마치 행복한 아이
같았어. 우리는 더 이상 같은 시각으로 세상을 바라보지 않았지.

3일째 밤이 되던 날, 나는 그에게 우리가 만나야 할 사람이
있다고 말했어. 이 모든 것이 결국 휴가가 아니었다는 걸 깨달은
그의 모습에서 어떤 실망감을 느낄 수 있었어.
자정이 가까워지며 나와 친구는 로비에 앉아 그 남자를
기다렸지. 타오가 먼저 도착했어. 타오는 불안한 표정을 지으며
로비에 같이 앉아 그 남자를 기다렸지.

가이드는 그에 대해 많은 이야기를 해주었어. 한국인들을
납치해서 죽인 게 3명. 약과 꽃뱀으로 돈을 뜯어내려다가 죽인
게 2명. 한번은 호텔에서 체포 된 적도 있다고 했어. 그러나
이송 중에 경찰 셋을 죽이고 달아났지. 그 후 자신을
경찰에 넘긴 동업자들 2명을 연달아서 죽였다고 하더군.
타오가 우리에게 말했어. 그가 라이언이라는 별명을 갖게 된
이유는 아무도 잡을 수 없는 정글에 숨어서 살기 때문이라고.
필리핀에서 한국인은 함부로 건드리지 말라는 경고를 만든
남자. 한국인들은 필리핀에 와서 문제만 일으킨다는
고정관념을 만든 남자.

그가 도착했어. 그와의 첫 만남이었지. 아마 40살 정도는 되어
보였을 거야. 평균 정도 되어 보이는 키에 약간은 마른 몸이었어.
덥수룩한 수염과 양팔을 뒤덮은 문신이 먼저 눈에 띄었지.
그러나 그가 말하는 방식은 마치 젊은 사업가와도 같더군.
앤디처럼 말이야. 우리는 인사를 나누고 악수를 했어. 그는
미소를 지으며 말했어.
"앤디한테 이야기 많이 들었어요. 내가 훨씬 형 같은데 말 편하게
해도 되지?"

그는 그곳을 소개하며 우리와 함께 해변을 걸었어. 우리는
곧 클럽에 도착해 자리에 앉았지. 온갖 양아치 같아 보이는
백인들과 헤퍼 보이는 동양인 여자들이 가득한 그곳에서 그는
다른 분위기를 갖고 있었어. 평범하면서도 특별한, 인자하면서도
잔인한. 그는 자신이 앤디와 사업을 돌리는 방법에 대하여
많은 이야기를 하더군.

"요새는 솔직히 필로폰이나 다른 아편류 마약은 북한이나
중국에서 오는 게 훨씬 편하고 빠르니까 이제 어떻게 해야 하나
생각했어. 그러다가 아예 그쪽은 앤디한테 맡겨버리는 게
낫다 싶었고."
"비트코인으로 돈 보내고 하는 건 똑같아. 그런데 보내는 쪽,

받는 쪽에서 세탁은 각자 알아서 하는 거야."

"우리도 예전에는 한 번에 대량으로 보내기도 했는데 리스크가
커서 작은 해외 택배로 조금씩, 50~100그램씩 따로 보내 요즘은.
귀찮기도 하고 인건비도 드는 거는 맞는데, 정성이 있어야
안 걸리는 거야."

"메신저는 텔레그램 말고도 쓰는 것들 있거든?
지금 다운 받아봐."

"동생은 대마 말고 다른 것들은 딱히 걱정할 필요 없어.
아, 그리고 앤디가 직접 키워서 파는 게 있다고 들었는데
그건 뭐 신경 쓰지 마. 자기 용돈 하는 정도겠지 뭐."

"우리가 건강식품 다단계도 아니고 대량으로 사서 팔 수도
있는데, 동생이 여기 방식에 익숙해지긴 해야 하니까.
처음 거래는 내가 먼저 보낼게. 어차피 이거 파는 데
얼마 안 걸리잖아?"

"수거는 앤디한테 다 배우면 될 거야. 네가 이미 쓰는 직원들
있으면 개네들 써도 상관없고. 꼬리 자를 중간 총책은 있지?"

온갖 사업 이야기가 오고 갔어. 그와 돼지는 함께 술을 마시기
시작했어. 나는 테이블에서 그저 그들의 모습을 지켜봤지.
나는 그 남자가 돼지와 함께 취한 줄 알았어. 그러나 친구가

스테이지에서 다른 여자들을 붙잡고 춤을 출 때 그의 눈빛은
다시 돌아오더군.

돼지는 술에 취해 어떤 백인 남자와 언쟁을 벌이고 있었어.
분명 이야기는 뻔하지. 왜 내 여자를 귀찮게 하냐는 등의 이야기.
테이블에 앉은 사자와도 같은 남자는 돼지를 날카롭게 바라보고
있었어. 그는 나를 바라보지도 않은 채 질문을 했어.
"저 친구 믿을 수 있어?"
나도 스테이지에서 술에 취해 싸우고 있는 돼지를 보며
그 남자에게 대답했지.
"쟤 말고, 저를 믿으세요."

다음날 아침 돼지는 숙취에 시달리고 있었어. 그날 저녁은
우리가 서울로 돌아가기로 되어 있던 날이었어. 나와 돼지는
일단 마닐라로 향해야 했지. 다시 한번 타오가 그곳에 와서
우리의 짐을 들어주었지.
보트를 타고 섬을 떠나 차를 타고 작은 비행기가 있는 곳으로
향했지. 다시 한번 작은 비행기를 타고 우리는 마닐라로 향했어.
마닐라 공항에서도 가이드는 우리의 곁을 떠나지 않고 있었어.
그건 나의 부탁이었어.

공항에서 나는 숙취에 어지러워하는 돼지에게 말했어.

"내일 오전까지는 날씨 때문에 한국으로 들어가는 비행기가
없다고 하는데?"

"그럼 어떡해? 여기서 자? 아니면 공항 근처에 호텔을 구해?"

타오는 마닐라의 호텔을 구해주었어. 공항에서 버스를 탄 후
거대한 호텔에 도착했지. 그때가 저녁 9시가 지났을 거야.
호텔 지하에는 카지노가 있었고 우리의 방은 크고 넓었어.
나와 돼지는 호텔 방에 앉아 지루하게 시간을 죽치고 있었어.
나는 돼지에게 말했지. 카지노에 있는 바에 갔다 오라고 말이야.
고양이가 생선가게를 지나칠 리가 없다고 생각했어.

자정이 가까워졌을 때 돼지는 역시나 술에 취해 방으로
돌아왔어. 호텔 거실의 소파에 앉아 중얼거리기 시작했어.
"나는 네가 그 인간이랑 같이 사업한다고 하는 게 마음에
안 든다. 지금도 충분히 괜찮은 거 아니야? 언제 만족을 하는
건데?"
"욕심 때문에 그러는 게 아니야. 살려고 그러는 거지."
"내가 너 뭐 하고 돌아다니는지 모를 것 같아?"
돼지는 소파에 기댄 채 말을 이어갔어. 난 그의 이야기에
화가 나기 시작했어. 머리가 어지럽고 몸에선 열이 났지.

"내가 너한테 그 대포통장 주인이 자수한다고 했을 때,
너 그 사람 어떻게 했어? 너 애나랑 뭔 짓거리를 하고 다니는
거야? 이제 마음에 안 들면 그냥 다 죽이고 다녀? 완전히
다른 사람이 됐잖아. 내가 너랑 있으면 술을 안 마실 수가 없어
불안해서. 네가 또 무슨 사고를 칠지 불안해서."
마음속으로 생각했던 것 같아. 나도 너와 있으면 불안하다고
말이야. 그날 나는 타오에게 미리 말해두었어. 새벽 2시까지는
잠들지 말고 기다리고 있어달라고 말이야.

돼지가 거실에서 술에 취해 욕을 내뱉는 동안 나는 방에 들어가
나의 가방을 뒤졌어. 장갑과 로프를 꺼냈지. 그가 앉아 있는
소파의 뒤로 다가갔어. 그의 목에 로프를 걸고 나는 소파를
발로 있는 힘껏 밀어냈지. 그의 본능적인 반항과 고통의 신음을
애써 무시했어. 강하게 로프를 당기며 내 자신에게 말했지.
나의 마음은 이미 죽은 지 오래라고. 그때 손에 느껴지던
로프의 느낌은 이전과는 달랐어. 무거웠어. 놓고 싶었지.
13년의 우정을 끝낸 후 타오에게 전화했어.

5분도 되지 않아 라이언이 나의 방으로 오더군. 그의 뒤에는
덩치가 큰 필리핀 남자 둘이 함께 있었어. 부피 큰 가방과
연장이 든 가방을 들고 있었지. 나는 이미 알고 있었어.

그들이 나와 같은 호텔에 머물고 있다는 것을 말이야.

나는 이제 더 이상 그에게 충성을 증명하지 않아도 되었어.

그는 웃으며 나의 뺨을 만지며 말했어.

"앤디 말이 맞네. 일 잘하네. 여기 뒤처리는 알아서 할 테니까

옆방에 가서 눈 좀 붙여. 내일 타오가 픽업하러 올 거야."

나는 그들이 돼지를 작업하고 있는 바로 옆방에 들어가 침대에

누웠어. 불이 꺼진 방. 거대한 침대 위에 홀로 누워 생각했어.

'자유로워지고 싶다. 모든 위협으로부터 자유로워지고 싶다.

모든 억압과 위험, 장애물로부터 자유로워지고 싶다.'

문득 이런 생각도 했어. 옆방에 살인자들이 있는데 내가 편히

잠들 수 있을까. 그러나 아주 편하게 잠들었지. 그들이 무슨

짓을 하든 신경 쓰지 않는다는 마음으로. 나도 살인자인데 뭐.

다음날 아침 타오가 문을 두드렸고 나는 그를 위해 문을

열어줬어. 짐을 풀지 않았기에 정리할 필요는 없었지. 함께

호텔 밖에 나왔을 때 날씨는 정말 맑더군. 그러나 그곳

마닐라의 하늘은 뭔가 서울과 비슷했어. 낮고, 좁았어.

공항 바깥에서 나와 타오는 커피를 마시고 있었어. 그는 나의

기분을 충분히 이해할 수 있었겠지. 그가 먼저 말을 꺼냈어.

"너랑 나는 시키면 하는 사람들이잖아. 우리가 가고 싶은 곳이
있어도 우리가 운전하는 게 아니잖아. 우리는 핸들을 잡고
있지 않아. 다른 길로 가고 싶어도 운전을 하는 사람들은
따로 있어. 매 순간 선택하고 선택 당하는 거야. 작은 선택들.
시간의 흐름이 있지. 우리는 같이 흘러가는 것뿐이야."

우리는 그 짧은 대화에서 깊이 친해졌어. 복싱 이야기를
나눴지. 파퀴아오에 대한 이야기를 하며 친해졌어. 필리핀에서
파퀴아오는 영웅과도 같다는 걸 깨달았어. 그날 대화에서
나는 처음으로 웃었어. 지난 며칠간의 여행 동안 말이야.
타오는 자신의 이야기를 해주었지. 지갑을 꺼내 자기 아내의
사진을 보여줬어. 아름답더군. 연예인을 해도 될 정도라고
생각했어. 그는 나에게 이야기했어.

"아내가 임신했어. 나도 변하고 싶고 떠나고 싶은데,
어떻게 해야 하는지 전혀 모르겠어."
그가 나에게 물었어.
"내가 지금 한국에 가서 살면 어떤 일을 할 수 있을까?
혹시 서울 근처 가까운 공장들에서 일할 수 있을까?"

우리의 주변에는 얼굴이 까만 아이들이 뛰어다니며 기념품을

팔거나 구걸하고 있었어. 청소년 정도 되어 보이는 아이는
카페에 있는 나에게 대마초를 팔려고 하더군. 어이가 없었어.
타오는 나에게 말했지.
"쟤네들은 돈만 주면 못하는 게 없을 거야."

몇 번의 가족 이야기와 복싱 이야기가 더 오고 간 후
그와 메신저 아이디를 교환했어. 나는 공항으로 돌아와
출국 수속을 밟았지. 비행기에 앉아서 서울로 돌아올 때
나는 옆자리를 바라보았어. 출발할 땐 나 혼자가 아니었거든.
그러나 나 혼자 돌아왔지.

비행기의 창밖을 바라보았어. 해변은 역시나 아름다웠어.
많은 사람들이 이곳으로 도망치고 싶어하지.
그러나 이곳 아름다운 해변의 타오는 나에게 물었어.
도망가는 방법을 말이야.

나는 돼지에게 물어봤었지. 혹시 이곳에 남는 건 어떠냐고
말이야. 비행기 안 화장실 앞에서 차례를 기다리고 있었어.
나는 제자리에서 높게 뛰어봤어. 역시나 뛴 곳과 같은 곳에
나의 발이 떨어지더라고. 비행기는 분명 빠르게
움직이고 있는데 말이야.

라이언

세상 어떤 사람도 누군가에게는 사랑 받는 존재이지.

한국에 돌아와서 몇 번의 조사를 받았어.

돼지의 실종에 관해서 말이야. 한국이라는 나라는
성인 남성의 실종에 신기할 정도로 무관심해.
어린아이가 사라지는 것은 큰일이지. 성인 여성이나
청소년들이 사라지는 것 또한 사회에 절망적인 일이야.

그러나 스무 살이 넘은 성인 남성이 사라지는 것에는
대부분 신경을 쓰지 않아. 조사받을 때도 나를 용의자라고
생각하는 경찰은 한 명도 없었어. 아니, 한 명 빼고.
바로 과거에 나를 체포했던 형사 말이야. 그는 자신의 관할이
아닌데도 의자에 앉아 돼지의 실종에 관해 답을 하는 나를
바라보고 있었어. 그는 나를 노려보기만 했지.
한 마디도 하지 않았어.

물론 돼지의 어머니와도 통화를 했어. 평생을 지방에서
작은 장사를 하시면서 사셨던 분이야. 마약이니 살인이니
모두 그녀와는 상관이 없는 이야기였지. 그녀는 눈물을 흘리며
나에게 많은 질문을 했어. 대답하는 순간순간 나는 생각했던 것
같아. 지금 나의 행동이 정말 명예롭지 못하다고.
어머니의 눈물 한 방울마다 나는 거짓말로 답했지.

"일단은 조금 기다려봐야 할 것 같아요."
"네. 누구를 만난다고 저보고 먼저 들어가라고 했어요."
"인사는 마닐라에서 하고 저는 먼저 한국으로 왔죠."
"아니요. 모르겠어요. 걔가 필리핀에 아는 사람이 있다고 했어요."
"혹시라도 비행기에 문제가 생겼을 수도 아니면
수속과정에서……"
"제가 친구들한테도 물어볼게요."
"너무 걱정하지 마세요."

그가 실종된 후 클럽에 있는 사람들 대부분은 눈치를
챈 것 같아. 그에게 무슨 일이 생겼는지 말이야.
클럽에 제공되는 약들의 유통과정이 완전히 변했고,
수익의 분배가 달라졌으니까 말이야.
한국에 들어와서 거의 3달간은 클럽에 드나들지 않았어.

새로운 일의 방식에 적응하느라 바쁘기도 했지만 글쎄, 클럽에
가면 돼지의 생각이 났어. 이게 죄책감이라는 건지는 모르겠어.
나는 아직도 죄책감이 무엇인지 모르겠어. 살면서 내가
느껴본 적이 없었는지 아니면 내가 죄책감을 느끼던 순간을
몰랐던 건지. 지금 바로 이 느낌이 죄책감이다,라는 것을.

그러나 클럽에 약을 풀기만 하는 것이 나의 업무는 아니었어.
나는 그곳에 결국은 가야 했지. 일들이 어떻게 돌아가는지
알아야 했으니까. 조금 이른 시간에 출근했어.
내가 아는 얼굴들은 모두 거기 있더군. 원숭이도 그곳에 있었고
애나의 친구들인 홍콩에서 온 사람도 그곳에 있었지.
심지어 연예 기획사의 직원들과 연예인들도 있었어.

나는 변화를 느낄 수 있었지. 대부분의 인간들이 나를 보고도
인사도 하지 않고 지나치더군. 마치 나를 없는 사람인 것처럼
취급했어. 심지어 주방의 아주머니조차도 나의 말에는 대답하지
않았어. 애나를 제외하고는 모두 나를 투명 인간 취급했지.
돼지가 사람들에게 사랑받는 친구였다는 걸 내가 까먹었었어.
세상 어떤 사람도 누군가에게는 사랑받는 존재이지. 나는 그걸
잊고 있었어. 도대체 그걸 어떻게 잊을 수가 있냐고 생각할 수
있지만, 살다 보면 잊게 되더라고.

사람들을 죽일수록 더 많은 돈을 벌게 된다고 생각했었지.
슬프게도 그때 역시 그 법칙은 적용되었어. 단순히 돼지의 몫이
나에게 돌아오는 것을 제외하고도 피라미드의 꼭대기에서
직접적으로 물건을 받았으니까 말이야. 그러나 판매 가격은
똑같았어. 클럽은 그야말로 문전성시였어. 오죽하면
동네 고등학생들도 소문을 듣고 입장하려고 했겠어.

겨울의 어느 금요일 밤. 그날 역시도 클럽은 사람들로 가득 차
발 디딜 곳이 없었지. 여자들은 코트를 라커에 넣어두고
술과 약에 취해 거의 사경을 헤매고 있었지. 투자자들과
VIP 손님들은 룸에서 그들만의 시간을 즐기고 있었어.

애나는 그날 역시 나의 옆에 앉아 칵테일을 마시고 있었지.
애나에게 잠시 화장실에 간다고 말한 후 나는 화장실에서
손을 씻고 있었어. 사람들은 돼지에게 생긴 일을 점점 잊고
있었지. 그러나 그에 대해 절대로 잊지 않을 사람들은
분명히 있었지.
손을 씻는 나의 뒤로 원숭이 친구가 들어왔어. 나와 돼지,
원숭이, 그리고 아티스트 친구 모두 고등학교 때부터 이어진
인연이야. 원숭이는 내게 말했어.

"너 거의 궁전 같은 집으로 이사 간다며?"

"나는 잘 몰라. 애나가 알아서 하는 거지."

"네가 살게 될 곳인데도 너는 잘 몰라?

다 애나가 알아서 하는 거야?"

"아니. 걔가 이사를 하자고 하니까 그냥 나는 알았다고 하는

거지."

"그렇구나. 애나가 하자는 대로 다 하는구나."

"나한테 하고 싶은 말 있어?"

"그래서 돼지도 애나가 죽이자고 하니까 죽였어?"

"너는 그 헛소문을 믿냐?"

나는 화장실의 거울을 통해 그를 바라보고 있었어.

그와 10년이 훨씬 넘은 친구인 건 맞지. 그를 못 믿으면

누구를 믿겠어. 그러나 나는 그의 손을 주시했어. 혹시나

손이 주머니로 향할지, 주머니에서 칼과 같은 흉기가

나오지는 않을까 하고 말이야.

우리는 거울을 통해 서로를 바라보며 이야기했어.

그는 화장실의 문을 열고 나가며 작은 소리로 이야기했어.

바깥의 쿵쾅대는 음악보다도 나에게는 더욱 크게 들린

말이었어.

"싸이코패스 새끼……."

그는 다시는 나에게 말을 걸지 않았어. 다음날 그리고

그 다음날도 내가 웃으면서 그에게 인사를 건넸을 때

나를 없는 사람 취급했지.

봄이 올 때까지 나는 클럽의 투명 인간으로 살아갔지.

날은 다시 화창해지고, 클럽은 또 한번의 리뉴얼을 끝냈어.

그렇게 나는 세탁된 돈으로 더욱 큰 아파트로 이사를 하였지.

애나는 차를 여러 대 더 구매했어. 나는 가끔 그녀의 차 중

하나를 타고 클럽에 갔지. 새로운 아파트가 마음에 들었어.

거실에는 큰 창이 있었고 주방은 마치 TV 요리 프로그램에나

나오는 것처럼 근사했어. 화장실의 욕조는 빠져 죽어도 될 만큼

깊었지. 애나는 그곳을 마음에 들어했어.

앤디와의 연락은 뜸해졌어. 그가 세관을 통해 물건을 받는 법,

택배들을 한곳에 모으고 물건을 나누는 모든 방법을

알려준 후에는 그와 연락할 일이 없었거든. 클럽에 그의 물건을

푸는 것도 그가 중간 총책과 알아서 할 일이었지.

나는 필리핀의 라이언하고만 직접적으로 연락했지. 돈도 그에게

직접 보내고 말이야. 그는 가끔 술에 취해 이상한 사진들을

보내곤 했어. 총과 코카인, 침대 위에 죽어 있는 매춘부,

누군가의 팔이었던 것 등. 나는 그가 제정신이 아닌 건 첫날부터

알았지.

앤디와의 접점은 사라졌고, 한국으로 날아온 물건을 파는
나의 역할은 점점 줄어들었어. 말 그대로 나의 일은 오직 한
가지였지. '경찰에 걸리지 않게 하는 것.' 클럽이 있는 관할서에는
충분한 용돈들이 꾸준히 지급되었어. 모든 것이 안전했지.

너무나도 평화로운 봄날 일요일 아침, 나와 애나는 집 앞의
레스토랑에서 샐러드를 먹고 커피를 마시고 있었어. 우리는
테라스에 앉아 시답지 않은 농담들을 하고 있었지. 그녀는
나의 옆자리에 앉아 그녀의 핸드폰에 있는 온갖 음식 사진들을
보여주고 있었어. 나에게 가보고 싶은 곳이 많다고 하면서
말이야.
그때 우리 앞에 조금은 뚱뚱해 보이는 30대 후반의 남성이
앉더군. 인사도 없이. 나는 그에게 앉으라고 하지도 않았는데
말이야. 그는 나에게 말했어.

"필리핀에 있는 고양이 새끼랑 같이 일하시죠? 클럽에서 하시는
일도 많으시다고 들었어요."
"무슨 말씀하시는 거죠?"
"저도 필리핀에 있는 그 새끼 밑에서 일했어요. 그리고

그 새끼 때문에 8년 살다가 나왔고요. 뭐 어떻게 보면 그쪽이
제 후임이라고 할 수도 있겠네요."

"저한테 원하는 게 있으세요?"

"나는 그 새끼만 물먹이면 돼요. 그쪽은 상관없어요.
앤디는 잘 있어요? 아마 나중에 그쪽한테 앤디를 죽이라고
시키든지 앤디한테 그쪽을 죽이라고 시키든지 할걸요?"

애나는 나의 손을 꽉 잡은 후 커피를 마셨어. 나는
아무런 대답도 하지 않았지. 아마 그녀에게 가장 큰 공포는
나를 잃는 거였을 거야. 우리 앞에 앉아 있던 남자는
믿을 수 없는 말을 이어갔어.

"그 새끼가 지금 한국이랑 필리핀, 중국의 약 시장을
다 휘어잡은 건 사실인데요. 또 다른 사실은 그 새끼가
꼬리가 잡힐 만하면 인터폴에 있는 한국인들한테 자기 밑에
애들 정보를 넘긴다는 거예요. 그리고 또 자기는 정글 안에
숨죠. 내가 그래서 8년을 살다가 나왔고요."

"제가 그 말을 어떻게 믿죠?"

"그 새끼가 그쪽한테도 시켰죠? 친구를 죽이라고.
필리핀에서 숨어 사는데 유일한 낙이 그거예요. 사람 죽이는 거.
피해망상은 얼마나 심한지, 밑에 사람들 조금이라도 꼬리라도

밟히면 바로 죽여서 수사 종결시키는 게 특기예요."
"꼬리 밟히기 싫어서 나한테 내 친구를 죽이라고 시켰다는
거네요?"
"뭐 꼬리 밟히기 싫어서 앤디한테 그쪽을 죽이라고 할 수도
있겠죠."

그 순간 내가 가장 많이 화가 났던 것은 그가 나의 일요일의
평화에 방해가 되었다는 거야. 커피와 햇살이 전부일 줄 알았던
일요일 말이야. 그는 말을 이어갔어.

"그 미친 새끼, 이제 남미에서 코카인도 구해오는 거 알아요?
말레이시아랑은 이미 거래도 다 텄어요. 말 그대로 카르텔이랑
같이 작업한다고요. 아무튼 나는 그 새끼 잡을 거예요.
그래서 클럽의 정보도 넘길 수밖에 없어요. 그래도 당신한테는
아무런 감정 없으니까 미리 잠수 타라고 알려드리는 거예요.
내가 당해봐서 알거든요. 뒤통수 맞으면 얼마나 좆같은지."
그는 자리에서 일어나 그의 클러치를 들고 떠났어. 애나는 나의
옆자리에서 맞은편으로 자리를 옮겼지. 나는 그녀를 바라봤어.
날 위해 모든 것을 할 준비가 되어 있는 여자였지.

보통 이런 일에는 직원들에게 그의 집으로 찾아가서 죽이라고

하는 것이 최선의 방법이야. 강도 살해로 위장하거나 아니면
시체를 다른 곳으로 옮겨 아무도 신경 쓰지 않는 전과가 있는
실종자로 만드는 거지. 방법은 많았어. 그의 집에 찾아가서
그를 죽여야 할 이유는 그의 컴퓨터 하드디스크와 핸드폰을
빼내와야 하기 때문이야. 애나는 이미 그녀의 다른 핸드폰을
꺼내 자신의 아버지 밑에 있는 이들에게 연락했지.

계획대로 되었어. 3명의 남자는 서해와 제주도, 남해를 통해
한국으로 들어왔지. 그들은 경기도의 모텔에서 일주일 정도
투숙을 했어. 그들이 가진 정보와 CCTV를 통해 얻은 그 남자의
생활 방식을 분석한 뒤 그가 집에 있는 시간에 그곳으로 갔지.

그를 해체한 후 락스로 집을 깨끗이 청소한 뒤 그의 디스크와
핸드폰을 분해했어. 그의 시체와 같이 골프가방에 담았지.
그들은 다시 그 가방을 콘크리트에 섞었어. 중국으로 돌아가는
길에 바다에 버렸지.
어차피 가족도 없는 전과자를 아무도 찾지 않아.
그는 말 그대로 증발해버린 거야. 경찰 또한 신경 쓰지 않지.
조폭이나 양아치들이 잠수를 타는 것은 흔한 일이니까.
2주도 지나지 않아 애나는 아침에 일어나 나에게 모든 것이
해결되었다며 안겼어. 그녀를 위해 커피를 만들어줬지.

딱히 앤디나 필리핀에 있는 그에게 보고하지는 않았어.
머릿속에 나름대로 생각이 많았거든.

다시 한번 일상은 흘러갔어. 나는 필리핀의 그와 컨택을 하고
송금하는 것 외에는 딱히 할 일이 없었지. 주말에는 애나와
미술관에 가서 작품들을 관람했어. 가끔은 마트에서 장을 봐
요리에도 도전했지. 그러나 마음 한켠은 늘 불안했어.
언제든지 자유를 빼앗길 수 있다는 불안을 극복하기 위해
전문적으로 명상을 배우기도 했지. 그때 나는 영적으로
많은 성장을 이뤘던 것 같아. 누구든 머릿속에 잡념이 있지.
본인이 피하고 싶은 생각들이 늘 떠오르기 마련이야. 그럴 때
나는 눈을 감고 천천히 숨을 들이마신 후 내뱉어. 그것뿐이야.
생각을 억제하려고도 하지 않아. 떠오르는 생각들과
맞서 싸우려고 하지도 않지. 그저 인지했어. '그래. 내가 이런
걱정들을 하고 있구나. 그래도 나는 숨만 쉴 뿐이야.'

명상과 예술, 요리와 운동들로 생활하며 깨달은 것은 인생이
완벽할 수는 없다는 거야. 내가 이런 모든 자유를 합법적으로
얻었다고 해도 나는 분명 다른 어떤 것에 대해 불평하고
있을 거란 생각이 들었지. 나는 먹을 음식과 입을 옷을
걱정하지 않아도 됐지. 그러나 언제든지 억압될 수 있는

자유에 대한 걱정이 있었어.

어떤 이는 음식과 옷에 대해 걱정을 하더라도 자유에 대한
걱정은 없을 수 있어. 또 다른 이는 음식도 자유도 있지만
본인만의 시간이 없음에 불평할 수 있겠지.

나는 늘 자신에게 말했어. 완벽한 인생이란 건 없다고 말이야.
100이라는 완벽함에 다가가기 위해 매일매일을 노력하며
사는 거지. 아마도 죽기 전 인생에서 가장 완벽한 순간은
'아, 거의 완벽한데'라고 생각하는 순간일 거야.

여름이 끝나갈 무렵 나는 마음의 평화를 찾았고 내가 훨씬
성숙해졌다고 믿었지. 더 이상 도망가고 싶다는 생각을
거의 하지 않게 되었어. 고통을 받고 있을 때 사람들은
나를 미련하다 하고 지혜롭지 못하다고 하지. 하지만
마음의 평화를 찾았을 때 사람들은 내가 많이 성장했다고
칭찬해주었어. 지금 생각이 드는 건 힘들어하는 사람에게
더욱 칭찬해주어야 하는 거 아닌가? 그들의 불행과 우울이
그들의 탓인 것 같잖아.

그러나 내가 거의 완벽하다고 생각했을 때
나의 마음속 평화를 무너뜨리는 뉴스를 봤어.

피로 만든 평화는 몇 개월도 지속되기 힘든가봐.

TV에서 뉴스가 나오고 있었지. 미성년자 성매매와

마약에 관한 뉴스가 나오고 있었어. 배경은 나의 업장이던

클럽이었지. 나는 과거 일요일의 평화를 뺏은 남자를

죽임으로써 더 이상의 위험은 없다고 생각했었지.

그의 하드디스크와 핸드폰, 모든 정보를 없앴다고 믿었으니까.

그러나 그의 클라우드는 제어할 방법이 없었어.

그의 클라우드에 있던 내용들은 모두 기자들에게 전송되었지.

어쩌면 그는 본인이 죽을 걸 알고 있었나봐.

연예인들이 클럽에서 미성년자를 성추행, 성폭행하는 영상과

그들이 함께 모여 마약을 하는 영상들이 떠돌아다녔어.

이번에 애나와 나는 킬러들이 아닌 변호사를 구해야 했어.

즉 원숭이와 다시 대화를 해야 했던 거지.

내가 원숭이를 찾아 다시 클럽으로 돌아갔을 때 사람들은

그가 관둔 지 꽤 되었다고 했어. 물론 그는 나중에

클럽의 연루자로서 어이없는 이유로 집행유예 1년을 받게 돼.

그의 아버지가 머리를 썼다는 걸 알 수 있었어.

더욱 큰 처벌을 피하기 위해서였겠지.

나와 애나는 클럽에서 늙은 변호사와 이야기를 나누고 있었어.

변호사는 최소한 자신한테는 모든 것을 다 이야기해야 한다고
했지만 그럴 수야 없지. 즉 그는 우리가 그저 투자자로서
무엇을 그렇게 걱정하는지 알기가 힘들었어. 그러나 그는
나이만큼 통찰력도 깊었지. 그가 우리에게 말했어.

"사실 대한민국이라는 나라에서는 아무리 쳐 죽일 짓을 해도
인맥이랑 돈만 있으면 무조건 빠져나올 수 있어요. 그런데 지금
문제가 뭐냐면, 여론이에요. 국민들이 화가 나서 눈을 시퍼렇게
뜨고, 어떻게 되나 보고 있는데 어떻게 빠져나가냐 이거지."
그는 담당 검사와 만나서 재수사를 요청했고, 재수사는
우리가 용돈을 매달 쥐어주던 클럽의 관할서로 배정되었지.
나와 애나는 매일 손톱을 물어뜯고 다리를 떨며 보냈어.
변호사에게 전화가 왔지.

"일단은 투자자의 위치로서 걱정하지 않으셔도 될 것 같기는
해요. 그런데 유포된 영상 속에 있는 연예인들은 아무래도
실형을 받을 것 같고, 아니면 그중 한 명만 받을 것 같기도 해요."
"한 명만요?"
"예. 실형 받는 연예인 말고 다른 연예인은 투자자 중에 기획사
사장님이 따로 해결한다고 하셨어요. 그리고 이제 약이
문제인데, 아무래도 클럽에서 직접 현찰로 구매를 한 경우니까

약의 소스를 지겹게 물어뜯지는 않을 것 같아요. 그런데 최×× 형사라고 아세요?"

내가 처음으로 체포되던 날을 기억해. 나에게 욕을 내뱉고 나의 손목에 쇠고랑을 채운 남자. 내가 조서를 쓰면서 절대 잊지 말아야 할 얼굴이라고 생각했던 남자. 돼지의 실종 사건 이후 내가 조사받을 때 옆에서 나를 노려보던 남자. 나는 변호사에게 말했어.
"잘 모르겠는데. 왜요?"
"아니, 투자자님이 약이랑 직접적인 연관도 없는데 전과 기록이랑 수사 기록 등 다 조회도 하고 그러는 게 이상해서요. 뭐 그래도 본인 관할도 아니고, 통신 영장이랑 계좌 영장은 당연히 발부가 안 될 것 같기는 한데. 본인이 따로 수사하는 부분이 있다고 봐야죠?"

변호사와의 통화를 끝낸 나는 애나에게 말했어.
"드디어 떠날 때가 된 것 같아. 내가 맨날 도망가고 싶다고 했지?"
"그러면 나는?"
그날의 대화는 너무나도 고통스러웠어. 나는 가방에 짐을 싸며 떠나겠다고 소리쳤고. 애나는 내 가방의 옷을 꺼내 던지다가

주방에서 칼을 가져왔지. 그녀는 칼을 자기 목에 겨눈 후
이야기했어.

"내가 다 해결하면 되잖아?"

"어떻게 해결해? 뉴스에도 나오고 청와대에도 보고되는 사건을.
수사상 내 이름이 나온다는데 어떻게 해결해?"

그녀는 나에게 한 달만 기다려달라고 말했어. 한 달이라는
시간 동안 애나는 나를 위해 말 그대로 기자들에게
돈을 퍼부었어. 한 분기의 수입을 기자와 경찰, 검사들에게
모두 사용했지. 그러나 돈으로도 타협이 되지 않는 사람이
있었어. 나를 쫓던 형사였지. 나는 많은 사람을 죽여왔어.
그러나 경찰을 죽이는 건 말도 안 되는 일이라고 생각하고
있었지. 애나의 눈빛과 그녀가 뱉은 말이 기억이 나.

"당신이 도망칠 이유가 없으면 계속해서 내 곁에 있는 거잖아.
맞지?"

나는 나의 변호사로부터 나를 쫓던 형사가 사건 청탁으로
징계를 받던 중 실종이 되었다고 들었어. 나는 곧 애나에게
연락이 올 것임을 직감했지. 그녀는 지방의 한 저수지 위치를
나에게 문자로 보내주었어. 나는 저녁 늦은 시간 그곳으로
향했지.

그곳의 그림은 평소의 작업 방식과 다를 게 없었어. 중국에서 온
3명의 남자. 그리고 의자에 속옷바람으로 묶여 있는 남자.
이미 많이 구타당한 듯 보였어. 뒤에는 드럼통과 시멘트
자루들이 있었어. 그런 광경은 그에게 공포를 주었겠지.
의자에 묶인 형사는 나를 보며 헛웃음을 지었어.
"장난하지 말고 이거 풀어."

나는 그의 앞에 앉아 그를 처음 만나던 날을 떠올렸어.
나는 평범한 20대 청년이었지. 물론 나는 지금도 내가
평범한 30대 청년이라고 믿고 싶어. 어쨌든 그는 내 집 앞에서
하얀 셔츠를 입고 그의 동료와 나를 기다렸었지. 스프레이를
뿌린 건지 무엇을 바른 건지 그의 머리는 스타일링이 돼 있었어.

그는 나에게 욕설을 내뱉었지. 나에게 얻어맞고 싶냐는 말을
한 후 내 집을 뒤집어엎었지. 깨끗이 정리해놓은 서랍과 책장을
전부 다 뒤지면서 말이야. 그보다는 나은 사람이 되어야 한다고
생각했어. 나는 그에게 말했어.
"죄송한 말씀인데 살려드릴 수는 없어요. 이해해주세요."
그는 의자에 묶인 손발을 풀려고 노력하며 욕을 내뱉었어.
결국 자신이 이곳에서 벗어날 수 없음을 알게 되자
그는 다른 태도로 나를 대했어.

"내가 미안하다. 야, 내가 미안하다. 이거 풀어줘라. 이거 풀어줘."

"안 돼요."

"풀어줘. 제발. 한 번만, 한 번만 기회를 주라. 제발 풀어줘.
풀어주세요."

그는 나의 앞에 묶여 앉아 살기 위해 못하는 소리가 없었어.
그가 피가 섞인 침을 튀기며 생명을 구걸할 때 나는 저수지를
바라보고만 있었어. 분명 그를 살려줄 생각은 없었어. 중국에서
온 남자들은 담배를 피우며 나와 그 남자를 바라보고 있었지.
정말로 뜬금없지만, 그때 나의 머릿속에는 빌리 조엘의
〈피아노 맨〉이 떠올랐어. 아무 연관도 이유도 없지.
나는 그 노래를 작게 흥얼거리고 있었어. 형사는 계속 목숨을
구걸했어. 나는 노래를 흥얼거리고, 중국에서 온 남자들은
돌아가는 배편에 관해 이야기하고 있었지. 그리고 죽음을 앞둔
남자도 있었지. 그곳에 있는 누구도 서로를 공감하지 않았어.

내가 처음으로 체포되어 유치장에 갇혔던 날이 기억나. 나는
엄청난 압박감과 스트레스에 시달리고 있었지. 슬프고 억울했어.
내가 누구를 해친 것도 아닌데 왜 그곳에서 흉악범들과
갇혀 있어야 하는 건지. 순간의 슬픔만이 아닌 앞날에 대한
걱정 또한 가득했지.

그때 유치장 밖의 경찰들이 기억이 나. 저녁으로는 무엇을
먹을지 휴가는 언제 써야 할지 아주 일상적인 이야기를 하고
있었지. 의자에 묶인 형사는 계속해서 이야기했어. 살기 위해서.
그는 곧 헛웃음을 지으며 나에게 욕을 하며 소리를 질렀어.
살려만 준다면 나에게 무엇이든 하겠다고 말을 하면서
왜 욕을 하는지 알 수가 없었어.
"왜 욕을 하세요. 욕하지 마세요."

나는 시멘트 자루들이 있는 곳에서 밧줄을 가져와
평소의 방식 그대로 그의 목을 졸랐어. 남들의 몇 배는 더
몸부림을 쳐서 얇지도 않은 밧줄에 그의 피가 흘러내렸어.
그의 몸부림이 사그라들며 나의 마음속 짐은 점점 가벼워졌어.
그의 팔다리의 반항이 멈춘 후 중국에서 온 업자들은
그를 분해하기 시작했지. 비닐이 깔린 바닥 위에서 그의 영혼은
몸을 떠났어. 이젠 빌리 조엘의 노래를 크게 불러도
상관이 없겠다고 생각했어. 그가 죽기 전에는 내가 할 수 있는
최선의 예의를 다했다고 생각했어.

저수지의 밖으로 나와 차에 앉았지. 집으로 돌아오는 길에
운전을 하며 남은 위협은 무엇인가 생각했지. 연예인들에게
마약을 직접적으로 판매한 이들은 5년 이상을 받고 교도소에

들어갔어. 연예인 중 한 명은 성범죄에 마약까지 엮여서
8년 이상을 받게 되었지. 기자들은 마약보다 연예인들의
성 스캔들에 주목했어. 충분한 용돈을 얻은 경찰들은
마약을 판 이들에게 어디서 얻었냐고 묻지 않았지.

2주, 3주가 지나고 가을이 되고 겨울이 다시 찾아왔어.
나는 조사조차도 받지 않았어. 경찰서에 들러줄 수 있냐는
전화조차 받지 않았지. 가끔 변호사가 가져야 할 술자리를 위한
돈을 보내주긴 해야 했어. 대중들의 관심도 완전히 식었지.
사실 뉴스가 나오고 고작 3주 만에 다시 클럽은 사람들로
넘쳐났어. 오히려 사람들이 더 많아졌어.

그렇지만 나의 불안과 피해망상은 더욱 심해졌어.
나라가 뒤집힐 정도의 사건이 일어나고 경찰을 죽이고도
아무런 일이 없었지. 받아야 할 벌을 받지 않고 살아가는 기분을
어떻게 설명해야 할까? 길을 걸을 때는 누가 나를 따라온다는
망상에 시달렸어. 계속해서 뒤를 돌아보며 걸었지.
운전을 할 때는 누가 쫓아오지는 않나 차들의 번호판들을
모두 외웠어. 혹시라도 경찰에게 조금의 정보라도 흘릴 수 있는
사람들은 닥치는 대로 죽였어. 나의 자유를 빼앗기지 않기 위해
나는 점점 필리핀의 그 남자처럼 변하고 있었어.

모든 인간을 혐오했어. 중국에서 오는 킬러들을 마주하는 일은
점점 잦았지. 홍콩에서 온 애나의 친구들도 예외는 아니었어.
클럽의 사진과 동영상을 SNS에 올린 친구가 있었지.
그 동영상에는 내가 2초 정도 보였어. 나의 피해망상에 그는
자살로 위장된 죽음을 맞이했지. 평소와 다름없는 목요일이었어.

한 친구는 경찰서에 면허증을 갱신하러 갔어. 물론 나는
몰랐지. 나는 그 친구가 왜 경찰서에 들렀는지 몰랐지만 위험을
감수할 수 없었어. 그는 교통사고로 위장된 죽음을 맞이했어.
신기하게도 부검을 하는 경우는 한번도 없더군. 어쨌든 그는
면허증을 굳이 갱신할 필요가 없었지.

애나는 이런 나의 모습에 점점 질려갔어. 그녀의 친구 중
한 명을 죽인 이후로 그녀는 내가 정신이 나갔다며 잠시
홍콩에서 쉬다가 오겠다며 떠났어. 나는 솔직히 내가 그녀의
친구 중 누구를 죽였는지 기억조차 나지 않아. 그녀가 사랑하던
나의 모습은 이미 사라졌나봐.
그렇게 나는 넓은 집에서 아무도 만나지 않고 아무와도
연락하지 않으며 지냈어. 인간은 도대체 왜 사회적인 동물일까
생각하며 지냈어. 왜 사람은 다른 사람을 필요로 하는지.
그때 나는 윤아에게 전화를 걸었어. 신호음이 두 번도 가지 않아

그녀는 나의 전화를 거부했어. 그러고는 문자 하나가 오더군.
'왜.'

사람을 이렇게 무시해도 되는 건가 생각이 들었어. 미국에 있는
예술가 친구에게는 연락할 수가 없었어. 그는 이미 내가 원하는
삶을 살고 있었거든. 그와 대화를 나눈다면 나는 더 우울해질
것 같았어. 원숭이는 이미 나의 번호를 차단한 지 오래되었지.
가장 친한 친구는 이미 나의 손으로 죽였고, 나는 완전히
혼자였어. 우울하고, 외롭고, 화가 났어.

타오

너처럼 새롭게 시작하고 싶어. 부탁해.

봄이 왔을 때 나는 나의 삶을 어느 정도 인정했어.
불안과 망상에 시달리는 외톨이, 혼자로 사는 삶을 말이야.
죽음이 두렵지 않았지. 그때 깨달은 게 하나 있어. 나 자신을
죽일 준비가 되어 있다면 남의 목숨을 빼앗는 건 더더욱
쉬워진다는 거야. 아무런 공포조차 느끼지 못해. 피로 얼룩진
겨울은 이미 지나갔어. 애나는 아직 돌아오지 않았었지.

하루는 필리핀에 있는 남자의 심부름을 하러 가야 했어.
세관에 있는 남자에게 돈을 주고 오라는 심부름이었어. 그를
필두로 약으로 쌓은 피라미드는 무너질 기미가 보이지 않았어.
공항에서부터 세관 경찰 그리고 검찰의 몇몇 검사들마저
우리의 돈을 받으며 살아갔어. 마약과의 전쟁은 끝이 난 거지.
물론 세관이나 경찰도 본인들의 일을 하기는 해야 했어.

마크 된 우리의 물건이 아닌, 다른 아마추어의 물건들은
엄격하게 잡아냈어. 경찰 또한 마약을 하는 이들을 잡아갔어.
마약을 파는 이들이 아니라 마약을 하는 사람들 말이야.

아무튼 그날 나는 애나의 스포츠카를 몰고 세관으로 향하고
있었어. 길은 막히고 햇빛은 따가웠어. 나는 신호를 기다리고
있었어. 초록 불을 건너는 사람 중에 익숙한 얼굴을 봤지.
윤아더군. 그녀 역시 나의 얼굴을 보고 인사를 했어. 그 후
평소와 다르게 그녀는 나에게 차를 바꿨냐는 등의 문자를
여러 번 보냈지. 인정하기 싫지만, 나를 그렇게 무시하던 그녀가
나에게 문자를 보낸 이유는 내가 타고 있던 애나의 스포츠카
때문이었어.

세관의 근처 공원에서 세관 직원을 만났지. 서로 처음 보는
아예 모르는 사람이었지. 그러니 무슨 대화를 하겠어.
돈만 건네고 나는 집으로 돌아왔지. 집으로 돌아온 나는
필리핀의 남자에게 연락했어. 문제 없이 전달되었다는 문자를
보냈지. 다음 물건을 보내는 날짜와 물건의 양 등의 이야기가
끝난 후 그는 나에게 몇 가지 부탁을 했어.

"떨을 보내든 뽕을 보내든 어차피 세관에서 잡지 않으니까

이제는 물건들을 한 번에 처리하려 하는데 어때?"
"그러면 앤디가 받아서 물건을 정리하나요?"

메신저에 그가 입력 중이라는 표시가 오랫동안 떠 있었어.
그러나 그는 짧은 문장만을 보냈어.
"지난겨울에 클럽 일 때문에 너무 정신없었어. 너는 괜찮아?"
"예, 뭐. 연예인들 성 스캔들로 이미 사건은 끝났는데요 뭐."
"클럽 CCTV랑 밑바닥에 약 던지는 애들을 누가 찔렀는지 알 것
같거든?"

나는 아무런 말도 하지 않았어. 그때 나는 생각했지.
그에게 말해야 하나. 내가 이미 그를 죽였다는걸?
그렇다면 그는 나에게 그 뚱뚱한 남자를 어떻게 아냐고 묻겠지.
이미 만났다고 하면 자신에게 왜 말을 하지 않았냐고 하겠지.
그러면 만나지 않았다고, 처음 듣는 이야기라고 해야겠지.
그런데 그를 죽이라고 하면 어떡하지?
그러나 그는 전혀 예상 밖의 문자를 보냈어.
"앤디야."

그래. 그는 그렇게 생각하고 있던 거야. 내가 그를 위해
일을 시작하면서부터 앤디에게 대마로 인한 수입은 완전히

줄어들었지. 그가 직접 키워서 파는 것들은 결국 필리핀,
라이언의 경쟁 상대일 뿐이었어. 필리핀의 남자는 앤디가
자신에게 불만을 품고 있을 거로 생각했어. 지난겨울의
모든 난리가 앤디의 책임이라고 생각했던 거지. 또한 엄청난
양의 뇌물 덕분에 우리는 세관을 더 이상 상관하지 않아도 됐어.
즉 물건들을 나누어서 보낼 필요가 없어진 거지. 나와 앤디의
구역이 합쳐지는 거야. 이렇게 되면 앤디가 굳이 존재해야 할
이유는 없어진 거지.

라이언은 내가 어떤 킬러들을 구하든 딱히 신경 쓰지 않았어.
동네 양아치들을 구해 죽이든, 조폭을 사주해서 죽이든,
음지에서 이름 있는 심부름센터를 이용하든 신경 쓰지 않았어.
어차피 죽는 사람의 목숨은 하나뿐이니까. 가장 중요한 건,
무슨 일이 있어도 그는 절대 잡히지 않으니까 말이야. 라이언은
나에게 앤디의 주소와 개인정보들을 보내주었어. 하지만
직원들을 이용해 몇 번 더 확실히 확인하라고 말했어.

애나에게 연락하고 싶었어. 일이나 킬러들을 보내는 것 때문이
아니라 어떻게 지내냐고 물어보고 싶었거든. 그러나 그녀는 분명
알고 있을 거야. 지난겨울, 내가 사람을 죽이는 데 그녀의 직원을
얼마나 이용했는지. 얼마만큼의 돈을 썼는지. 즉 애나에게

안부를 물을 좋은 타이밍은 아니었지.

중국에서 그들이 왔지. 나는 그들에게 익숙해져갔어. 불법 도박,
흥신소, 위조 여권, 마약 등 없는 게 없는 중국의 센터에서는
매번 다른 선수들을 보내왔어. 그러나 내가 부르는 횟수가 너무
많아지니 이미 봤던 얼굴들을 다시 보는 일도 생기게 되었어.
그들은 경기도의 공장단지에서 합숙하며 앤디의 정보를 캐내기
시작했지. 앤디의 집 앞에서 그가 몇 시에 들어오는지, 몇 시에
나가는지 모든 것을 기록하고 있었어.

일을 처리해야 하는 날의 아침, 나에게 문자가 왔어. 윤아에게서
온 문자였지. 그녀는 내 집에서 함께 식사해도 괜찮은지 물었어.
나는 앤디에게 가야 했지만 윤아에게 대답했어. 언제든 들러도
좋다고. 해는 저물어가고 윤아는 대중교통을 이용해 나의
집으로 향하고 있었지. 같은 시간, 중국에서 온 킬러들은 밀항
선장에게 빌린 봉고차를 타고 앤디의 집으로 향하고 있었어.

윤아는 내 집으로 오는 길 내내 문자를 멈추지 않았어.
평소에는 나의 연락을 철저히 무시하던 여자였지. 그러다가
30분 정도 그녀와의 연락이 끊어졌어. 그녀의 핸드폰 배터리가
방전이 된 거야. 그렇게 그녀는 내 집으로 직접 찾아와

벨을 눌렀어.

그녀는 비싼 구두를 벗으며 거실로 들어섰어.

"야 너 완전 성공했다. 집이 왜 이렇게 넓어? 이렇게 넓은 집에서 혼자 살아?"

"아니. 룸메이트가 있는데 지금 잠시 어디 갔어."

"룸메? 여자야 혹시?"

"왜? 여자면 안 돼?"

"네가 대학 다닐 때도 여자들한테 인기가 많긴 했잖아. 나도 맨날 너 멋있다고 동기들한테 말했는데."

나는 그녀의 코트를 받은 후 그녀에게 식탁의 의자에 앉기를 권했어. 그녀가 식탁에 앉아 집을 구경할 때 나는 핸드폰을 확인했지. 킬러들에게 연락이 왔어. 앤디의 집에 불이 켜져 있다고 하더라고. 그들은 집 앞에 차를 주차해놓고 가만히 앉아 있었겠지. 나는 윤아에게 와인을 권했어. 윤아는 말했지.

"너 술 안 마신다고 하지 않았어? 그런데 이거 완전 비싼 거 아니야?"

"룸메 꺼이긴 한데, 손님들 오면 대접하려고 사두었던 거야."

그날 역시 그녀는 와인을 목구멍에 들이부었어. 나는 그녀를 위해 요리를 하고 있었지. 그녀는 술에 취해 자기 삶에 대해 넉두리하고 있었어.

"아니. 앤디 오빠가 솔직히 키도 크고, 유학파 출신에 돈도 많고 나랑 연애한 지도 꽤 되어서 슬슬 청혼할 만한데. 그런데 결혼 얘기는 절대로 안 꺼낸다? 왜 그런 거야 도대체?"

"본인 일이 워낙 바쁘니까 그렇겠지."

"그래도 나도 나이를 먹어가는데 혹시라도 헤어지면 나는 인생 끝나는 거야. 네가 볼 때도 내가 신붓감이 아니야?"

"네가 문제가 아니라 앤디 그 사람이 무슨 일이 있어서 그런 거겠지."

나는 팬에 있는 스테이크를 접시에 옮겨 그녀 앞에 놓았어.

나는 그녀에게 말했어.

"앤디를 기다리지 말고 너도 너의 일에 전념하면 되잖아?"

"일은 무슨 일. 미래가 있는지도 모르겠어. 얼른 결혼이나 하고 싶어. 그러면 바로 일도 관둬야지. 너는 이해할 수 없을걸. 이 사회에서 여자로 살아가는 게 어떤 건지. 내 힘으로 쟁취할 수 있는 것들에는 한계가 있다는 게 어떤 기분인지."

"윤아야. 네가 1학년 때는 진짜 멋있었는데."

"그래? 왜? 그러면 지금은 안 멋져? 여자가 서른이 되니까 결혼해도 문제, 하지 않아도 문제더라. 아이를 낳아도 문제, 낳지 않아도 문제. 그래도 너를 보면 대학 시절이 생각나서 좋아."

나는 핸드폰으로 라이언에게 받은 앤디 집의 비밀번호를
중국에서 온 남자들에게 보냈어. 윤아와 계속해서 대화를
이어갔지.

"그때는 그랬잖아. 너는 네가 좋아하는 남자가 있으면
쟁취하겠다고. 멋있는 도시의 여자가 돼서 부자가 되겠다고도
했어."

"그게 우리의 문제야."

"무슨 문제?"

"우리는 우리의 이상을 알거든. 우리가 닿고 싶어하는 이상.
나는 어떤지 알아? 앤디 오빠 차에 타서 비싼 레스토랑에 간다?
가끔은 비싼 호텔에서 며칠을 보내기도 해.
나의 월급을 모아서는 살 수 없는 가방이나 옷들을 받아
입으면서. 이제는 그게 진짜 나의 일상 같아. 그런데 매일
데이트가 끝나고 집에 오면, 신데렐라의 유리구두니
호박 마차 같은 건 다 사라지는 거야.
월급 240의 삶으로 돌아오는 거야. 그런데 놓치고 싶지 않아.
유리구두 말이야. 당연히 내 것 같은 유리구두인데 왜 사라지는
건데. 무슨 느낌인지 알아?"

나는 LA에서 보낸 시간을 생각했어. 정말 행복했거든. 친구들과
함께 야경을 바라보면서 농담을 했지. 석양은 아름다웠고

농담은 배가 아프도록 웃겼어. 나는 분명 행복했어. 한국에
돌아와서도 계속 행복해지고 싶었어. 나의 유리구두는
마약이었어. 그래, 그렇게 서울에서 연기를 피워가며 산 몇 년은
정말로 행복했지. 아마 나의 삶에서 가장 건강하고 행복했던
시간이 아니었나 싶어. 매일 운동을 하고 예술을 즐기며
살았거든.

그러나 그 이후 나는 더 이상 연기를 피우지 않았어.
많은 돈을 벌며 나의 판단력이 흐트러지는 게 너무나도
두려웠거든. 피해망상에 시달리지 않는 상태가 너무나도
불안했어. 내가 가장 행복할 때 등에 칼이 꽂히는 건 최악이라고
생각했으니까. 이제는 같이 농담할 친구도 하나 없어. 같이
예술을 즐길 친구도 없지. 대부분은 내 손으로 죽였거든.
유리구두를 움켜쥐고 싶어서 말이야. 내 발에 맞지도 않고
신지도 않을 유리구두를. 윤아는 비틀거리며 의자에서
일어났어.
주방에 있는 나를 향해 걸어오며 말했어.
"야. 너 룸메이트 여자랬나까?"
"그건 왜 그렇게 묻는 건데."
"나 그냥 여기서 살면 안 돼?"

평소에는 나의 연락 자체를 혐오하던 여자였어. 그녀 덕분에
내가 배운 것이 있지. 내가 누군가를 좋아하고 관심이 있어 하는
게 누군가에게는 화가 나고 짜증이 나는 일이 될 수 있다는 거.
그녀에게 전화하면 그녀는 늘 나의 전화를 차단했지.
안부라도 묻고자 문자를 보내며 나는 미안한 느낌이 들었어.
내가 감히 그녀의 귀중한 시간을 방해하는 것 같아서 말이야.
그런데 그녀는 유리구두에 관한 이야기, 내 집이 얼마나 넓은지
이야기한 후 나의 앞에 섰어. 나에게 키스했지.

그 키스는 내가 인생에서 느낀 어떤 모욕보다도 더
치욕스러웠어. 가장 경멸스러웠지. 나는 그녀를 식탁의 의자에
다시 앉혔어. 그녀의 와인 잔에 든 와인을 마셨지. 몇 년 만에
술을 마셨던 건지 기억할 수 없어. 물론 한 모금이긴 했지만
입을 씻어내고 싶었거든. 지금 그 시간을 돌이켜 생각해보니
그때 와인에서는 피의 맛이 났어. 왜 혀를 씹거나 했을 때
느낄 수 있잖아. 혹시 그녀가 나를 좋아했던 것은 아닐까
합리화하는 나 자신이 역겨웠어.

나는 그녀에게 식탁에 앉아 잠시 기다리라고 말한 후
나의 방으로 들어갔어. 앤디의 집 앞에서 기다리고 있는
남자들에게 문자를 보냈지.

'작업하세요.'

나는 방에서 장갑을 끼고 로프를 손에 들고 거실로 나왔어.
그녀는 아직 거실의 식탁에서 콧노래를 흥얼거리고 있었어.
그녀의 뒷모습을 보고 나는 과거를 떠올렸어. 처음 대학에
들어갔을 때 돼지와 나는 학교에 적응하기 어려웠지.
그렇게 많은 신입생 중 우리처럼 양아치 같은 학생은 없었거든.
물론 신입생들의 모든 술자리에도 잘 어울리지 못했어.
그럴 때마다 윤아는 우리를 챙겨줬지.

우리가 어울리지 못해 술집 앞에서 담배를 피우고 있으면
윤아는 우리를 다시 친구들과 어울리게 해줬어. 우리 과의
친구들은 나와 윤아를 놀렸지. 둘이 사귀냐면서 말이야.
윤아는 본인이 아깝다며 농담을 했고. 그녀가 지금처럼
만취했을 때 나와 돼지는 그녀를 늘 챙겨줬어.
택시비까지 대신 내주며 말이야.

그녀의 뒷모습은 스무 살 때의 나를 떠올리게 했어. 그때의
나는 작았어. 실제로 지금보다 마르기도 했었지만 글쎄, 나는
인정했어. 나의 작은 모습을. 그리고 기대했지. 앞으로의 변화를.
어린 나이부터 술 담배와 싸움질을 하며 돌아다녔어. 사람들은

술 담배를 하고 싸움질을 하는 학생을 보며 불량하다고 욕을 하지? 그런데 그들은 몰라. 처벌의 시간이 왔을 때 세상 무서울 것 없던 그들도 보통 사람들처럼 슬픔과 절망을 느낀다는걸.

대학에 입학한 나는, 작았던 나는 변화를 기대했지. 10년 뒤, 20년 뒤가 지금과 다를 게 없다면 그것은 정말 저주일 거라며 변화를 기대하며 살았어.
술집에서 빠져나온 나와 윤아, 그리고 돼지는 멋진 도시의 야경을 보며 그곳에 섞일 우리의 미래를 기대했었어. 바쁜 현대인으로서 멋지게 자리 잡은 모습 말이야. 그런데 우리에게 무슨 일이 생긴 거지? 언젠가 돼지는 나한테 말한 적이 있어. 내가 완전히 다른 사람이 되었다고 말이야. 그렇지만 아무것도 내가 원하는 대로 되지 않았어.

윤아의 뒷모습을 본 나는 등산용 로프를 손에 쥔 채 몇 분을 제자리에 서 있었어. 그녀의 뒷모습은 거울과도 같았어. 스무 살 꿈이라는 게 있었을 때 나의 모습을 비춰주는 거울 말이야. 그런데 이미 그 소년은 떠났지. 장갑을 낀 살인마만 그 자리에 남아 있었어. 스무 살 때의 생각에 잠겼기 때문일까. 나는 로프를 다시 방에 갖다 놓으려 했어. 그 순간 술에 취한 윤아가 말했어.

"야. 근데 돼지는 어떻게 된 거야? 어떻게 갑자기 실종될 수가 있어? 우리 친구가 어떻게 갑자기 사라져버린 거야?"

그녀의 말에 나는 어지러움을 느꼈어. 비틀거리며 그녀에게 다가갔지. 나는 그녀의 목에 로프를 감고 온 힘을 다해 그녀의 목을 조르기 시작했어. 그녀는 의자 밑으로 떨어졌어. 나는 그때도 그녀의 뒤에 있었지. 그녀의 뒤에서 목을 로프로 조르면서 말이야. 그녀의 머리카락은 나의 얼굴을 덮고, 그녀의 몸은 따뜻했어.

뒤에서 그녀의 목을 조르며 나는 스무 살의 그녀를 뒤에서 안아주는 상상을 했어. 그녀를 위로하는 포옹을 상상했어. 그녀는 나의 손을 움켜쥐고 어떤 말을 꺼내려 했지만 빨개진 얼굴과 절박한 손은 이내 움직임을 잃었어. 로프를 잡은 손에 힘이 풀렸지. 내 심장은 뛰었어. 그녀와 다르게 말이야. 나는 소파에 앉아 핸드폰을 확인했어.
'작업 끝났습니다. 시체는 돌아갈 때 바다에 던지겠습니다.'

앤디 역시 목이 졸려 죽었더군. 아마 자살로 위장하고 싶었기에 목을 졸라 죽였을 거야. 두 명은 팔을 잡고 남은 한 명은 앤디의 위에서 목을 졸랐겠지. 그렇게 하면 손에는 저항흔이 남지 않아.

목을 밧줄에 걸어놓으면 마치 그는 스스로 목숨을 끊은 거로
보이겠지. 시신을 찾았을 때쯤에는 어차피 이미 모두 부패되어
의미 없는 이야기겠지만. 그러나 위험을 무릅쓸 수는 없었어.
앤디의 차가운 몸을 바다에 던질 수밖에 없었지. 나는 그들에게
답장을 보냈어.
'가는 길에 여기 하나 더 가져가세요.'

나는 아무 생각 없이 거실에 가만히 앉아 있었어. 허공을
응시하며 말이야. 애나가 보고 싶었어. 그녀에게 안기고 싶었지.
그러나 그때부터는 그녀에게 연락하거나
그녀를 보고 싶어할 염치조차 없었어.

나는 늘 자신에게 말했지. 도망치고 싶다고. 내가 조금
성장했음을 느끼면 파도는 나의 모래성을 무너뜨려. 나는
균형을 잃고 도망을 치고 싶다고 말해. 그러나 난 다시 마음을
잡고 모래성을 쌓아. 그런데 파도는 다시 몰아쳐 모래성을
무너뜨렸지. 파도에 실려온 듯 거실에 널브러진 윤아의 시체는
나에게 확실하게 깨닫게 해주었어. 도망이든 새로운 시작이든
확실히 실천으로 옮겨야겠다고 말이야.
새로운 곳에서 새로운 삶을 시작하고 싶었어.
사회가 인정하는 평범한 사람으로서 말이야.

그때 나는 생각했지. 필리핀의 그 남자가 있는 한 자유로운 몸이 아닐 거라고. 언젠가 그는 다른 누군가를 시켜 나를 죽일 거라고. 그에게 죽지 않는다면 감옥에서 여생을 보낼 거라 생각했어. 나는 바로 항공권을 예약했어. 왜 그랬는지는 모르지만 뉴욕으로 향하는 비행기의 항공권을 예약했지. 바로 다음 주에 떠나는 비행기로 말이야.

중국에서 온 직원들은 내 집에 들어와 윤아의 시체를 보고 당황했어. 그들은 나를 보고 무슨 일이 생겼는지 묻지도 않더군. 나중에 들은 이야기는, 밥 먹듯이 사람을 죽이는 그들 사이에서도 나는 또라이에 싸이코라는 별명으로 불린다더군. 그들은 윤아의 시체를 골프가방에 넣기 위해 그녀를 해체해야 했어. 나는 그들에게 욕실에 들어가라고 말했지. 이어폰으로 귀를 막았어. 노래를 크게 틀어 아무런 소리도 들리지 못하게 말이야.

필리핀의 라이언에게 앤디의 작업이 끝났음을 알렸어. 중국에서 온 남자들은 둘의 시체를 가방에 넣고는 다시 중국으로 돌아갔어. 시멘트와 함께 섞인 그들의 사지는 황해 어딘가에 가라앉았겠지.
모두가 떠나고 홀로 남은 집에서 나는 식탁으로 향했어. 남은

스테이크를 먹었지. 윤아가 먹다 남긴 스테이크 말이야. 소파로
돌아온 후 노래를 들으며 잠이 들었어. 마치 회사에서 퇴근한
평범한 남자처럼.

새로운 시작을 위해 떠나기 전 나는 정리해야 할 것들이 있었어.
이곳의 모든 삶과 라이언과의 관계였지. 출국이 일주일도 남지
않은 시점에서 나는 인터넷에서 흥미로운 글을 발견할 수
있었어.
떼인 돈을 받아준다는 업체와 무엇이든 한다는 심부름 업체,
그리고 사람을 찾아준다는 흥신소가 같은 전화번호로 운영이
되고 있던 거야. 그들이 어떤 사람들인지 짐작이 가겠지.

나는 그곳의 직원과 만남을 가졌어. 공원의 벤치에 나란히
앉아서 대화했지. 그들은 사람을 찾는 것도 할 수 있지만 사람을
없애는 것 또한 가능했어. 물론 물리적으로도 없앨 수 있었지.
그러나 나는 그들에게 사회에서 나라는 존재를 완전히 사라지게
할 수 있냐는 질문을 했어. 직원은 나에게 말했지.

"요즘 그런 의뢰가 존나 많이 들어와요. 사회적으로 자살하는
거죠. 예전에는 내가 이 새끼가 싫다, 이 새끼 좀 불구로
만들어달라거나 아니면 없애달라는 그런 게 많았죠. 그런데

요새는 본인 자신을 없애달라는 의뢰가 더 많이 들어와요."

"그러면 그게 가능해요?"

"예. 뭐 죽이는 거보다는 훨씬 쉽죠. 은행이랑 부동산을 정리하고
실종신고도 하고, 가끔은 우리가 지방에 일자리도 얻어줘요.
보통은 노가다 아니면 공장밖에 없기는 한데. 외국으로 가시는
거면 비자 같은 경우는 저희가 만든 거로 입국하고, 가서 처음
몇 달은 쓸 수 있겠지만 결국 거기서 새로운 형태의 신분증을
얻어야 해요. 거기 데이터베이스가 갱신되면 지금 비자는
끝이니까요."

그 후 며칠 동안 그들은 우리 집에 들러 나의 신상들을
적어갔어. 나와 함께 은행에 가는 일도 있었지. 그들에게 건네줄
서류가 너무나도 많았어. 그와 동시에 나는 짐을 싸고 있었지.
적지 않은 돈이 들었어. 그래도 애나에게 남겨줄 아파트와
그녀의 재산에는 아무런 해가 가지 않았지.
출국이 3일 정도 남은 날이었어. 이제는 라이언에게 연락했지.

"형님. 저 이틀 뒤에 마닐라에 잠시 들르려고 합니다."

나는 그에게 내가 돼지를 죽였던 호텔의 예약을 부탁했어.
그가 호텔에서 나를 기다릴 확률은 100퍼센트였지. 이제는
그에게 직접 닿는 한국의 선은 나뿐이었거든. 그는 나의

신뢰가 필요했어. 모두들 그가 정글에 숨어 산다고 확신하지만
정글이라는 게 풀이 우거진 숲만을 이야기하는 것은 아니야.
그는 기쁜 마음으로 호텔에서 보자는 답장을 보냈어. 그가
의심했을지 여부는 모르는 일이지. 그러나 분명 의심했겠지.

라이언과 연락을 끝낸 후 난 그곳에서 나와 친구가 된 가이드
타오에게 연락했어. 그는 아이의 아빠가 되어 평범한 가장으로
사는 삶을 살고 있었어. 더 이상 라이언과는 연락하지 않고
살고 있었지.
그러나 타오도 나와 같은 신세였어. 라이언의 신의를
저버림으로써 언제든 그에게 죽임을 당하지 않을까 불안에 떨며
살아가고 있었지. 산골에서 숨어 사는 타오는 나에게 말했어.
그 남자만 없으면 본인은 자유라고. 좋은 타이밍이었지.
나는 그에게 말했어.
"부탁 하나만 하자. 너 예전에 일할 때 쓰던 비트코인 계좌는
아직 갖고 있지?"

사실 조금 미안하기도 했어. 타오는 이제 한 가정의 아버지가
되었어. 지켜야 할 가족이 있었지. 그는 책임감을 느끼고 살아야
하는 남자가 되었어. 그렇게 그는 건강한 선택을 했지. 그런
그에게 다시 이 세계의 구정물을 튀게 하고 싶지는 않았어.

그러나 나도 그처럼 새로운 시작을 하기 위해서였으니 친구의
도움이 필요했어.

"마닐라에 얼굴 까만 애들 있지? 내가 백만 페소를 보내줄
테니까 걔네들 중에 좀 까진 애들, 한 열여섯 열일곱 돼 보이는
애들한테 80만 페소를 나누어줘. 애들별로 20만 정도로."
"돈은 지금 바로 보낼게. 네가 싫다고 하거나 애들에게 돈을
주지 않아도 아무 말 하지 않을게. 어차피 나는 새로운 시작을
위해 도박을 하는 거야. 너처럼 새롭게 시작하고 싶어. 진심이야.
부탁해."

"이틀 뒤에 우리가 예전에 묵었던 마닐라의 호텔 로비에
라이언이 올 거야. 아이들에게 말해. 로비 밖 흡연구역, 수염 난,
양팔에 문신한 한국인 남자를 없애라고. 그의 사진도 보낼게.
너한테 이미 있겠지만 말이야."

이틀이 지나고 3일이 지났어.
나는 그동안 사업과 그들과의 소통에 이용했던 메신저의
계정을 없앤 후 핸드폰마저 깔끔하게 처리했지.
하나의 단점이 있었어. 바로 필리핀의 라이언이
어떻게 되었는지 모른다는 점이었어. 그러나 나는 확신할 수

있었지. 마닐라의 뒷골목에서 수배범이 죽은 채로
발견되는 게 보기 어려운 일은 아니란 걸 말이야.

나는 공항으로 향했어. 작은 짐을 든 채 아무도 남지 않은 집
안을 바라보았지. 애나가 돌아왔을 때 나를 용서해주길 바랐어.
내가 이곳에 없더라도 돌아오기를 바랐지. 나는 택시에 탄 채
창밖을 바라보았어. 날씨는 맑았어. 비행기가 연착되거나 할
확률은 없다고 생각했지.

공항에 내린 후 나는 티켓을 발급 받고 짐을 보냈어.
그 순간마저도 떨렸어. 혹시 누가 따라오지는 않았는지
계속해서 두리번거렸지. 나는 가능한 한 최대한 빨리 게이트로
들어가려 했어. 수속 과정을 통과하는 건 어렵지 않았지.
공식적으로 나는 지은 죄도 없고 나의 가방에도
위험한 물건은 아무것도 없었으니까 말이야.

비행기에 탑승하기 전 게이트 앞에 앉아 커피를 마시며
밖을 바라보고 있었어.
'비행기의 좌석에 앉아 이륙하면 모든 것이 끝이다.
이곳에서의 모든 것은 과거가 된다. 비행기가 바퀴를 접고
하늘에 뜰 때, 나는 자유다.'

게이트 앞에 앉은 나는 주변인들을 모두 둘러보았어. 혹시나
누가 위험이 될지 알아야 했거든. 나는 마음을 추스르고 있었어.
누군가에게 잡힐 걱정을 하지 않아도 된다고 말이야.
나는 계속해서 되뇌었어.
'아무것도 걱정할 필요 없어. 아무것도……'

손톱을 물어뜯으며 나 자신에게 내가 안정을 취해도 되는
이유를 되새길 때 게이트에서 탑승이 시작되었어.
나는 티켓을 직원에게 보여준 후 비행기의 좌석에 앉았지.
창밖의 맑은 하늘을 바라보고 있었어. LA로 떠나던 날이
다시 떠올랐어. 그때로 돌아갈 수 있다면 나는 돌아갈까?
깊은 고민에 빠졌지. 아니, 나는 알았어.
모든 걱정들을 무시하기 위해 억지로 지어낸 고민이었지.

나는 돌아가지 않기로 결론을 냈어. LA로 떠나던 그날, 과거로
돌아간다면 나는 결국 또 다른 모습의 고통을 지나야 하겠지.
내가 다른 선택을 내린다고 해도 말이야. 어떤 선택에도 고통이
따르겠지. 그렇다면 시간이라도 흐른 현재가 낫다고 생각했어.

비행기는 굉음을 내며 속력을 내기 시작했어. 활주로를 달렸지.
그제야 마음이 편해졌어. 나를 얽매던 족쇄가 풀린 느낌이었지.

비행기가 이륙하고 지상을 내려다볼 수 있게 되었을 때 나는 자유를 느꼈어. 지금 날고 있는 것은 비행기만이 아니라는 생각도 들었어. 뉴욕의 변두리 교외에서 성실하게 새롭게 살 생각을 하니 설렘이 생기기도 했어.

드디어 모든 것이 끝났다고 생각하니 온몸에서 힘이 풀렸어.

제시

적어도 내 가족과 친구들은
망망대해 위 한 배를 타고 있다고 믿었어.

JFK 공항에서의 입국 수속은 조금 떨렸지만

모든 서류는 문제가 없었어. 범죄를 저지르며 늘게 된
영어 실력에 나 자신이 놀라기까지 했지. 공항에서 사람들을
바라보았어. 출장을 가는 사람들, 여행을 가는 사람들.
예전에는 이렇게 생각했던 것 같아.
공항에 있는 모든 사람들이 멋있다고 말이야. 그곳에 있는
모든 젊은이가 인생을 즐기고 있다고 생각했지.

그러나 그때쯤 알게 되었지. 모두 각자의 사정이 있다는 걸
말이야. 모두가 힘들지만 어찌 되었든 하루하루 살아간다는
말이 있지? 글쎄 동의하기는 싫어. 지구에 가득한 모든 인간이
매일매일 고통을 받는다고? 지옥에서 사는 것 같잖아.

장기 렌트로 차를 빌린 후 나는 교외로 빠져나갔어.

당장 살아야 할 집이 필요했어. 솔직히 밑바닥부터 시작한다는

말은 함부로 쓰지 못하겠어. 돈이 없던 것은 아니었으니까

말이야. 나는 구글 지도를 이용해 도심에서 벗어나

교외 주택가들을 찾아 다녔어. 미국에서 집을 구하는 건

어떻게 하는 건지 도저히 알 방법이 없더군. 3일을 차에서 잤어.

모텔에 들를 생각도 해보았지만 모텔의 주차장에서 나오는

인간 군상들이 나의 PTSD를 자극하더군.

그렇게 인터넷을 뒤지고 직접 운전을 하며 새로 지어진

빌딩에 있는 부동산 업자에게 전화했어. 나는 그에게

오늘 바로 입주를 할 수 있냐고 물었지. 그는 많은 서류를

요구했어. 비자, 통장 잔고, 확인서 등등 말이야.

그러나 그에게 다른 방식의 약속을 받아낼 수 있었어.

그곳의 빌딩이 그의 책임 하에 있는 한 나는 오피스 월세를

두 배로 내겠다고 했어. 그의 회사는 그가 매달 2천 불을

가외로 얻는 것을 알지 못했지. 정해진 월세를 제외하고 말이야.

그 대신 몇 가지 서류를 제출하지 않아도 되었어.

나중에 그와는 좋은 친구가 되었지.

처음 집에 들어오니 아무것도 없었어. 정말로 빈 공간뿐이었어.

테이블과 침대를 두면 남는 공간은 없을 것 같더군. 화장실에
욕조는 어차피 기대도 하지 않았어. 그러나 나만의 새로운
공간이 생긴 것에 기뻤어. 4층 왼쪽 끝 세탁실 옆의 자리에
나의 새로운 보금자리가 생긴 거지. 나는 짐을 풀고 샤워했어.
새로운 삶을 시작하는 과정은 즐거웠어. 비록 뇌물로 위조된
비자였지만 나는 새로운 운전면허를 얻을 수 있었어. 이곳에서
사는 데 필요한 앱들을 모두 설치했지. 이케아에 가서 침구류와
테이블 등을 구매해 집에서 조립도 했어. 그제야 조금
사람 사는 집 같더라고.

냉장고에 음식이 채워지고 테이블 위에는 노트북 등 나의
물건들이 생기기 시작했지. 편하게 누울 나만의 침대도 있었고.
매일 러닝을 하고 나를 위해 요리하며 살았지.
러닝을 하며 나는 과거의 나를 지워가고 있었어. 나에게서
빠져나가는 흥건한 땀을 과거에 보았던 모든 피와 동일시했어.
나의 추악한 과거를 모두 태워야 했어. 매일 달려야 했어.
그렇게 3달 정도 걱정 없이 이곳에서의 삶을 위한 토대를
쌓았어.

이웃들과도 친해지기 시작했어. 새로운 삶에 새로운 친구라니
모든 게 아름다웠지. 밤에는 집 근처의 바에서 이웃들과 같이

시간을 보냈어. 그곳에서 나는 다시 술을 마셨지.

물론 독하지 않은 칵테일 정도이긴 했지만 그들과 좋은 친구가

되었어. 함께 당구도 치고 그들의 집에 놀러가 요리를 나누어

먹기도 했지. 격의없는 농담에 어색했던 나의 미소는 차츰

자연스러워지고 있었어.

그들은 내가 아무런 직업 없이 이곳에서 매달 월세와 생활비를

어떻게 감당할 수 있는지 궁금해했어. 그럴 때마다 대답을

지어내는 과정이 힘들었지. 그들이 옳기도 했어. 남들의 2배가

넘는 월세를 내며 살아가기엔 내가 모은 돈이 부족했어.

사실 부족하지는 않았지. 그러나 부족할 거라는 걱정이 들더군.

이게 아마 사람들이 돈에 대하여 느끼는 감정일 것 같아.

부족하지는 않지. 하지만 부족할 거라는 걱정이 드는 것.

또는 심지어 늘 부족한 것.

이 부분에서는 나의 옆집에 사는 이웃 제시가 큰 도움이

되어주었어. 그녀는 이곳 빌딩에서 나와 가장 친한 친구가

되어주었어. 내가 과거에 대해 말을 못하는 부분들도 모두

이해해주었지. 그녀는 문신으로 뒤덮인 양성애자에 스모키한

화장을 하는 스타일의 여성이었어. 늘 검은 옷을 입었지.

물론 위치 크래프트나 점성술에 빠져 있기도 했어. 아마 어떤

스타일의 사람인지 상상하기 쉬울 거야. 그녀는 동네의 작은 대마초 가게에서 일하고 있었어. 이곳에서는 합법이었거든.

제시는 나에게 동네 골동품 상점에서의 아르바이트 자리를 소개해주었어. 정신없이 바쁜 다운타운에 위치하지 않아서인지 사람들은 친절했고 늘 한가했어. 제시가 이모라고 부르는 골동품 상점의 주인 아주머니는 정말로 친절하셨어. 한 번도 느껴보지 못한 어머니에 대한 감정이 느껴지기도 했어.

출근하고 청소를 하지. 물건들을 정리하고 창고를 정리해. 박스에서 물건을 꺼내고 어떨 때는 박스에 물건을 담고. 무거운 물건들을 옮기고 손님들을 응대하고. 전혀 어렵지 않았어. 지하에는 골동품들이 가득한 창고가 있었어. 그곳에는 사자의 머리에 뱀의 몸을 한 그림이 있었어. 나는 그 그림이 두려워서 지하 창고에 가는 것이 싫었어. 일의 어려운 점은 그 그림을 매일 마주하는 것뿐이었어.

일주일에 4번 6시간씩 일했지. 그곳 맥도날드에서 먹는 빅맥의 가격은 서울보다 저렴했어. 그러나 시급으로 받는 수당은 서울보다 훨씬 많았지. 저축은 할 수 없더라도 적어도 사람답게 살 수는 있었어. 나의 암호 화폐 계좌에 쌓인 피로 만든 돈들은

늘 모른 체하고 살았지. 제시에 대한 고마움은 말로 표현할 수
없었어.

그때는 내가 꿈꾸던 일반인의 삶을 사는 것 같았어. 내가
사는 빌딩의 로비에서는 파티가 자주 열렸어. 말로는 거창한
파티이지만 그저 이웃들이 모여 앉아 와인을 한 잔씩 하는
것이었지. 이웃들과 마치 고등학교 때 친구들처럼 친해진다는
것은 서울에서는 상상하기 힘든 일이었어. 물론 제시와 가장
가까운 친구들이었지만 다른 친구들의 이름도 모두 기억해.

제시는 점성술을 이용해서 나의 운세를 봐주기도 했어.
타로카드 등을 이용하기도 했지. 나는 물론 미신을 믿지는
않지만 제시가 나에게 늘 해주던 말이 있어.
"카드들이 너에게 모든 것이 잘될 거라고 말하면,
너는 그 이야기가 맞기를 바라기에 모든 것을 잘 해내려고
노력할 거야. 그러면 꽤 괜찮은 인생을 살게 되겠지."

하루는 그녀와 그녀의 거실 바닥에 앉아 와인을 나눠 마시고
있었어. 그녀의 집은 늘 할로윈 데이 같은 인테리어를 하고
있었지. 나는 그녀에게 말했어.
"어떻게 더 고맙다고 표현해야 할지 모르겠어. 사실 이곳에

도망을 온 거라고 할 수도 있는데. 지금은 내가 하는 사소한
손님 응대나 일들이 보람차. 매일 일이 끝나고 집에 와서 친구를
만날 수도 있고 나만의 쉬는 시간을 보낼 수도 있지. 정말 보통의
삶이지만, 내가 무엇보다 바라던 거야."
"네가 너무 나쁜 사람들만 만나며 살아온 거 아니야?
굳이 나쁜 사람이 아니더라도 세상을 아름답게 보지 않는
사람들 말이야. 글쎄, 나는 적어도 내 가족과 친구들은
망망대해 위 한 배를 타고 있다고 믿어. 다 같이 먹고살아야지.
아니면 배는 가라앉는다고."

그녀는 대마초 가게에서 일했기 때문에 한가한 시간에는 늘
대마초를 피우곤 했어. 내 앞에서도 연기를 피우며 대화했지.
그녀는 나에게 한 모금 권했어. 나는 그때 나의 삶이 정상궤도로
돌아왔다고 믿었지. 아니, 정상궤도로 돌아온 것이 아닌
처음으로 정상적인 삶을 살고 있다고 생각했어. 그러나 이제는
알지, 정상이나 보통이라는 건 모두가 갖는 이상이라는 것을.

나는 그녀가 권한 대로 한 모금 들이마셨어.
"OG 노던라이트 사티바네?"
"뭐야? 어떻게 한 모금 피우고 이게 뭔지 알 수가 있어?"
내가 한국에서 거래해오던 인디카 하이브리드 계열의 품종과

다르게 사티바는 나의 정신과 감각을 더욱 깨어 있게 했어.
몇 년 만에 피워본 연기인지 생각이 나지도 않더군.
그녀의 모든 농담에 웃음이 났어. 나는 그녀에게 계속해서
질문을 하며 확인했어.

"나 지금 이상하게 행동하고 있지는 않지?"
"이상하면 어때?"
나는 그녀의 손을 잡고 아파트 밖으로 나갔어. 노을이 지기 전에
얼른 공원에 도착하고 싶었거든. 그녀는 공원에 갈 때도 굽이
높은 검은 구두를 신었어.
나와 그녀는 공원에 도착해 언덕에 앉았지. 날씨는 점점
서늘해지고 해가 지기 시작했어. 공원에는 강아지들과 산책을
하는 사람들이 많았어. 조깅을 하는 사람들, 아이와 함께 노는
어른들이 있었지. 나는 그녀에게 말했어.

"이렇게 살려고 했어."
"무슨 소리야?"
"예전에도 이런 적이 있었거든. 연기에 취해 공원에서
아름다운 석양을 바라본 적이. 그때 생각했어. 이런 삶은
정말로 행복하구나. 매일 이렇게 살고 싶다."
"그런데, 그렇게 살 수 없었어?"

"노력은 했지."

"그래서?"

"내가 노력을 할수록 내가 꿈꾸는 이상과는 멀어졌어.
원하는 것을 얻기 위해서 더 많은 것들을 잃었어."

"그래도 다른 사람들에게 상처만 주지 않았다면 괜찮은 거
아니야?"

나는 그녀에게 나의 과거를 사실대로 말할 수 없었어. 물론
내가 사실대로 말을 한다고 해도 그녀가 이해해줄 것은
확실했어. 그녀는 사람은 모두 변할 수 있다고 믿는 그런 종류의
사람이었거든. 그러나 그녀를 실망하게 하고 싶지 않았어.
그녀에게 다른 모습의 삶도 있다며 그녀의 맑은 머릿속을
더럽히고 싶지 않았어. 그녀는 나를 바라보며 말했지.

"그렇지만 이제 이곳 공원에는 매일 올 수 있잖아? 매일 연기에
취할 수도 있고. 그러면 결국은 너의 노력 덕분에 꿈이 이루어진
거네?"

"그런가? 그래도 나의 노력 덕분에 내가 이곳에 있다는 생각이
들지는 않아."

"넘어져도 꽃밭이라는 말이 있지? 왜 어떤 사람들이 그러잖아.
자기의 삶은 넘어져도 꽃밭이었다는 사람들. 정말 행복하게 사는

사람들이야. 복 받은 사람들이지. 감사할 줄 아는 사람들이고. 이번에는 네가 넘어졌는데 꽃밭에 떨어졌다고 생각하면 어때?"

"이게 영원할까?"

그녀는 나의 팔을 장난스럽게 주먹으로 때리며 말을 했어.

"얼마나 완벽한 걸 바라는 거야. 지금 당장 눈앞의 행복도 즐기지 못하면서 미래의 목표들을 이뤄서 뭐 해? 그때도 행복하지 않을 텐데."

LA에서의 그날처럼 하늘은 다시 보랏빛으로 변하고 있었어. 그때 나는 생각했어. 누구에게나 기적이나 좋은 기회가 꼭 온다는 이야기를 말이야. 나는 그런 기적과 기회들이 사람의 형태로 온다고 생각했어. 기적과 좋은 소식은 사람의 모습을 하고 나에게 찾아왔어. 마치 제시처럼 말이야.

나는 거의 똑같은 일상을 반복하며 살아갔어. 출근을 하는 날이 아니면 아침에 일어나 연기에 취했지. 발코니에서 햇살을 받으며 명상했어. 과거를 잊기 위한 매일의 노력이었어. 과거의 불안감으로부터 나를 단련하기 위해 아침에는 늘 명상을 했지. 그 후 늘 공원으로 조깅을 하러 나갔어. 물론 대마가 만들어낸 구름의 황홀함과 함께 말이야.

달콤한 구름에 취해 음악을 들으며 끝없이 달리고 또 달리면
눈앞에는 천국이 펼쳐져. 숨은 턱 끝까지 차오르지만 햇빛에
반사되는 꽃과 나무들을 바라볼 때, 드넓은 하늘의 구름을
바라볼 때 이 모든 것들이 영화에서나 보던 풍경 같다는 생각이
자주 들곤 했어.

하루는 달리는 코스를 바꿔 공동묘지 옆의 길로 달리고
있었지. 그날 역시 세상은 아름다워 보였어. 생각보다 많은
양을 피운 날, 달리다가 너무나도 힘이 들 때는 헛것이
보이기도 했어. 헛것이라기보다는 나의 무의식이 그려내는
그림을 현실에 투영한 거겠지. 공동묘지의 옆을 달리는데 나는
묘의 비석들에서 연기가 피어오르는 것을 볼 수 있었어. 어떤
상징일까. 그것이 무엇을 뜻하는지 나는 알 수 없었어. 알고 싶지
않았지. 조금만 더 달리면 드넓은 공원에서 햇살 아래 누워 있을
수 있으니까 말이야.
나는 고개를 돌렸어.

끝없이 달리는 것을 멈추고 집에 도착해서는 샤워를 하고
머리를 말렸지. 침대에 누워 잠시 시간을 보냈어. 그보다 개운한
기분은 없을 거야. 그 후 제시를 만나거나 혼자 저녁을 먹고
잠들기 전에는 영화를 봤지. 영화들은 사람의 삶이 고통만이

아니라는 것을 깨닫게 해주었어. 고통이 있기에 예술적 표현이 있고 나는 이렇게 즐거울 수 있다는 생각을 했으니까 말이야. 연기에 취해 예술을 즐길 때 나는 늘 생각했어. 상상력은 인간에게 최고의 장난감이자 선물이라고 말이야.

연기에 취해 같은 하루하루를 보내다보니 몇 번의 계절이 바뀌었는지 모르겠더군. 8번? 아니면 12번? 그때의 일상을 지금 돌이켜보면 아름다운 모습만 보이지만 사실 그때도 과거 나의 흉터들은 지워지지 않았어. 흉터에서 배어나오는 고통은 사람들과 섞여 있을 때 더욱 심해졌지.

때로는 로비에서 열리는 파티에 참석하기도 했어. 나와 이웃들은 로비에서 한 달에 한두 번 와인을 마시는 파티를 했지. 때로는 와인을 마시는 것으로 끝나지 않고 시끄러운 바나 클럽에 가는 경우가 있었어. 나는 클럽을 좋아한 적이 없지. 그곳에서 한 잔 두 잔 취할 때마다 나는 늘 주변을 두리번거렸어. 누가 나에게 위험이 될 요소인지 생각하고 있었지. 서울에서처럼 말이야.

제시는 그럴 때마다 나를 늘 걱정했어. 하루는 이웃들과 클럽 밖 흡연 구역에서 처음 보는 사람들과 연기에 취하고 있었지. 나는 그곳에 있는 사람들의 얼굴을 유심히 관찰했어. 당시의

현실이 행복했기에 무엇이 위협이 될지 경계하는 건 고통스러운
일이었어. 나의 마음 한구석에는 늘 몇 가지 걱정이 있었지.

'만약 필리핀의 라이언이 아직 살아 있다면?'
'담배를 피우는 저 백인은 처음 보는 얼굴인데. 누구지? 설마
필리핀의 그 남자가 보낸 건가.'
'여긴 콜롬비아 멕시코 브라질과 너무나도 가깝잖아. 혹시라도
그가 살아서 카르텔에 사주한다면?'

망상에 사로잡힌 나는 그날 흡연 구역에서 실수를 해버렸어.
주차장에서 몰래 약을 거래하던 이들이 우리에게 뭘 쳐다보냐고
소리를 질렀지. 화가 치밀어 올랐어. 그런 인간들이 세상에서
제일 싫었거든. 나의 가장 못난 모습을 한 괴물이 나에게 시비를
건다고 느낀 거야. 결국 나는 그에게 다가가 얼굴에 주먹을
날렸어. 다행히 구역을 배정 받고 정해진 상선에게 받아 파는
진짜 딜러는 아니었어. 총을 갖고 있지는 않았거든.

그는 얼굴에 주먹을 맞고 바닥에 쓰러져서는 나에게 미쳤냐고
소리를 질렀지. 그의 주머니에서 빠져나온 코카인 한 봉지를 볼
수 있었어. 흡연 구역의 이웃들은 모두 달려 나와 나를 말렸지.
나는 그날부터 모든 것이 무너질 거라는 예감을 받았어. 결국

내가 전과 같은 방식의 인생을 선택했다는 느낌이 들었어.
인간은 자신이 가장 두려워하는 것을 눈앞에 그려내기
마련이야. 제시는 나를 집까지 데려다줬지.

나의 피해망상은 극도로 심해졌어. 그전에 이미 갖고 있던
피해망상들이 더 강해졌을 뿐만 아니라 새로운 망상들도
생겨났지. 혹시 내가 주먹을 날린 그가 나에게 복수하면 어쩌나
하고 말이야. 아니면 그가 경찰에 신고한다면? 그러나 그럴 일은
있을 수 없었지. 경찰에 내가 약을 파는 것을 방해했다고 진술할
수는 없을 테니까 말이야.

피해망상은 '누군가 나를 해칠 것이다'라는 상상에 그치지
않았어. 그날의 싸움 이후 나는 로비에서 벌어지는 모든 파티에
참석하지 않았어. 이웃들이 나를 미친 사람이라고 생각하고
있지는 않을까 두려웠거든. 어차피 그들과 바에 간다고 해도
계속해서 잠재적 위협을 찾으며 불안에 떨고 있었을 거야.

술과 연기에 취하지 않고서는 정상적인 삶을 이어갈 수가
없었어. 그러나 일터에 취한 채로 출근을 할 수도 없었지.
결국 나는 일조차 그만두게 되었어. 그때 제시가 이대로는
안 되겠다고 생각했는지 그녀가 매주 1회씩 갖는 모임에

나를 데리고 갔어. 단순하게 말하자면 철학 동호회 혹은
어떤 종교 모임과 같은 단체였어.

처음 그곳에 갔던 날을 아직 생생하게 기억할 수 있어.
일요일 오전 11시에 제시는 나에게 로비에서 만나자고 했지.
샤워를 마친 후 집을 나와 복도에서 제시를 만날 수
있었어. 그녀도 같은 시간에 집에서 나온 거지. 우리는 함께
엘리베이터를 타고 로비로 내려갔어. 로비에는 우편물을
확인하는 공간이 있었어. 사람들이 택배나 편지들을 받는 곳
말이야.

그날, 그곳에서 수상한 남자를 봤지. 키는 180센티미터 정도
되어 보였어. 단발 같은 머리에 검은 선글라스를 끼고 있었지.
검은색 슈트에 검은 셔츠, 검은 구두와 검은 장갑까지. 나는
그가 사신인 줄 알았어. 그는 아메리칸 원주민과 라틴계 백인의
혼혈인 듯 보였어. 남미사람이라기엔 너무 희고 백인이라기엔
어두웠지.

제시는 그에게 눈길조차 주지 않고 로비의 문을 열고 밖으로
향했어. 나는 그녀의 차에 타자마자 물었어.
"아까 로비에서 그 남자 봤어?"

"어떤 남자?"

"선글라스 끼고 검은 장갑 낀 남자."

그녀는 차의 시동을 걸고 음악을 재생했지. 메탈 음악이 차에
울려 퍼졌어. 그녀가 나의 질문에 대답하지 않은 이유는 뻔했어.
모든 사람을 수상하다고 말하는 나의 피해망상에 질린 거지.
그러나 지적하고 말싸움하기엔 지겨웠던 거야. 그녀는 차에 울려
퍼지는 시끄러운 음악만큼 미친 사람처럼 운전했어.
우리는 20여 분 떨어진 작은 주택에 도착했어.

나는 제시를 따라 그 집으로 들어섰지. 검은 고양이 두 마리가
나의 다리에 몸을 비비며 나를 반겨줬어. 제시와 같은 패션
감각을 지닌 백인들이 여러 명 있었어. 그들과 나는 인사를 하고
거실에 앉았지.
평범한 이야기들이 오고 갔어. 가족은 어떻게 지내는지,
직장 상사의 험담을 하기도 하고, 뉴스에서 나오는 일들에 대해
욕을 하기도 했지. 그들은 연기를 피워대며 수많은 대화를
나눴어. 그중 안경을 낀 수염이 덥수룩한 백인 남자가 나에게
물었어.

"제시한테 이야기 많이 들었어요. 제시가 새로운 친구가 생겨서

저희가 조금 질투했어요. 멋진 분 같아서 제시한테 계속해서
소개해달라고 졸랐어요. 그런데 요즘 고민이 많으시다고
들었어요. 그래서 혹시나 우리가 도와줄 수 있는 게 있을까 해서
같이 만나보자고 했어요."
그 자리가 너무나도 어색하고 이상하게 느껴졌지만 나는
긍정적으로 생각하고자 했어. 제시가 나를 위해 친구들과
자리를 마련해준 거니까 말이야. 어느새 집은 연기로 가득
메워졌어. 남자는 나에게 그가 피우던 것을 건넸지.

나의 현실감각은 점점 사라지기 시작했어. 어느덧 나는 누구이며
이곳은 어디인지 질문을 하고 있었지. 몸이 너무나도 무겁게
느껴졌어. 소파를 떠날 수가 없더군. 눈꺼풀은 점점 내려왔지만
남자의 흥미로운 이야기에 나는 집중하지 않을 수가 없었어.
그는 이야기했어.

"평소에 그런 질문들 해요? 우주가 어떻게 시작되었고 우리는
어떻게 생겨났는지. 의식이란 무엇이고 우리는 죽으면 어디로
가는지. 우리와 우주의 관계는 무엇인지."
나는 이미 연기에 취해 바보가 되어 있었지. 나는 웃으며 물었어.
"네?"
"우리가 사는 세상을 과대평가하지 마세요. 보이는 게 전부라고

믿지 마세요. 우리의 삶이 고작 비디오게임이나 영화의 일부라면
우리가 이렇게 눈물을 흘리며 고통을 호소하며 살아갈 필요는
없잖아요? 우리는 매주 모여서 이렇게 연기에 취해
이런 이야기들을 나눠요. 종교인들처럼 믿음이 구원이라고
믿지는 않아요."

"그러나 이렇게 나눈 대화에서, 지식에서 구원을 받을 거라고
믿어요. 사실 구원이라는 단어도 거창한 거죠. 불교라든지
모든 종교와 경전이 이야기하는 진리에서 공통점을 찾고,
최신 양자물리학의 뉴스들을 공유하며 그런 지식의
공통분모에서 궁극적인 진리를 찾으려고 노력해요."

연기에 취한 나는 그의 목소리를 들으며 동시에 집 안의
고양이를 찾고 있었어. 그때 벽에서 익숙한 그림을 발견했지.
사자의 머리에 뱀의 몸을 한 형체의 그림이 벽에 걸려 있었어.
나는 제시에게 그림을 손가락으로 가리켰어.
"저거……."
제시는 웃으며 나에게 말해줬어.
"데미우르고스. 너 일하는 곳에서도 본 적 있지? 우리가
많은 이론을 서로 교환하며 나눈 지식 중에 가장 중요한 존재야."
"저게 뭔데?"

"야훼, 제우스, 오딘, 라, 또 뭐라고 할까? 우리가 사는
물질세계를 창조한 존재라고 하자."

연기가 가득한 거실에서 나는 음악이 흐르고 있다는 것조차
인지하지 못했어. 그러나 그들의 이야기는 흥미로웠지.
안경을 쓴 남자는 나에게 많은 것을 설명해줬어. 다른 이들은
옆에서 고양이와 놀고 있었지.

"우주가 태어난 첫날은 어땠을까요? 혼돈이라는 개념이
있었어요. 혼돈은 얼마나 거대한지 얼마나 깊은지 선한지
악한지 알 수 없는 우주의 근원이에요. 혼돈 속에서 우리의
몸과 영에 깃든 많은 개념과 감정들이 빠져나왔어요. 예를 들면
지혜, 욕심, 사랑, 믿음, 거짓, 관성과 힘 같은 것들이 의지가 없는
신으로서 우주에 존재했죠. 혼돈의 아이들로서 말이에요."

나의 머릿속은 연기와 그가 해준 이야기로 가득 차기 시작했어.
나의 머릿속은 하나의 소우주가 되었지. 그곳에서 혼돈이라는
거대한 먹구름은 많은 자손을 낳았지. 그 자손들은 마치 빛이
나는 별들과 같았어. 남자는 말을 이어갔어.
"그중 지혜는 그저 자신의 의무를 다하기 위해 혼돈에게 질문을
했어요. 지혜, 그녀는 모든 것에 대한 답을 얻어야 했거든요.

그게 그녀의 본질이니까요. 혼돈은 답했죠. '너의 아버지인 나는
혼돈 그 자체의 존재로, 답을 갖지 않는 불규칙일 뿐이다.'
지혜는 혼란스러웠죠. 지혜라는 개념, 빛 그 자체로서 답을
얻지 못한다는 건 그녀의 정체성에 금을 가게 했으니까요."

남자는 피우던 연기를 나에게 다시 건네주었어. 나의 들숨과
날숨 모든 것은 연기로 대체되었어. 나는 그에게 질문하였지.
"그러면 지혜는 어떻게 된 거죠?"
"그녀는 자신에게서 불완전한 지혜를 분리해내요. 본인의 암을
떼어낸 거죠. 그녀의 자식이라고도 할 수 있고 혼돈의 피가 깃든
신이라고도 할 수 있죠."
"데미우르고스죠? 그 암이라는 것, 지혜의 자식이라는 것
말이에요."
"네. 맞아요. 그러나 근원은 빛이 나지 않는 별을 자신의
우주에 두기를 꺼렸어요. 결국 그는 개념들이 빛나는 우주에서
추방당하죠. 데미우르고스는 본인만의 우주를 만들기
시작해요."

옆에서 연기를 피우던 제시가 나에게 설명해주려 했어.
"데미우르고스를 인간에 비유한다면 컴퓨터 속에 새로운 세상을
만들어낸 거지. '신은 본인의 형상에 빗대어 인간을 만들었다.'

그는 컴퓨터에 수학적 공식과 코드들을 입력해서 우리가 사는
세상을 만들어냈어. 물질적인 세상 말이야. 예를 들자면 말이야."

연기는 나의 눈과 귀, 코, 입, 모든 곳에서 나오는 기분이 들었어.
역시 입이 마르기 시작했어. 옆에 있던 친절한 여성이 나에게
물을 권했어. 물을 마시니 새로운 생명을 얻은 기분이 들더군.
그러나 나에게 물을 권한 그녀의 얼굴은 기억이 나지 않아. 나는
안경을 쓴 백인 남자에게 질문했어.

"그러면 우리가 사는 세상이 코딩된 홀로그램에 불과하다
이거예요?"
"아주 간단하게 말하자면 그렇죠. 플라톤은 우리가 보며
살아가는 세상은 동굴에 비친 그림자에 불과하다고 말했죠.
우리가 인식하는 모든 질량, 당신이 앉은 소파, 벽, 저기에
텔레비전. 그리고 움직이는 고양이들, 당신과 나 모두 입력된
정보일 뿐이에요. 정보도 결국은 우리가 사는 물질세계에서는
질량을 갖는 물질이니까요."

그가 말하는 모든 부분이 이해가 되었던 건 아니야. 그 당시에는
그의 모든 이야기가 마치 완전한 진실처럼 받아들여지기는
했지만 말이야. 나는 남자에게 물었어.

"그러면 우리의 목표는 이러한 지식을 수집해서 물질세계를 벗어나는 거네요?"

"맞아요. 우리는 세 가지의 인간이 있다고 믿어요. 영적인 인간, 정신적인 인간, 물질적인 인간요. 우리는 물질에 집착하는 물질적인 인간이 1과 0으로 도배된 이 시뮬레이션을 벗어날 거로 생각하지 않아요."

그때 나는 과거의 생각들이 떠오르기 시작했어. 클럽에서 정신을 잃던 여자들, 나를 쫓던 경찰의 목을 조르던 기억 또한 떠올랐지. 나는 외면하려고 했지만 기억이 났어. 그들의 죽음으로 나에게 입금되었던 엄청난 양의 돈들, 그리고 그 돈들을 보며 미소를 짓고 있던 나의 모습을 말이야. 어지러웠지. 그때 안경을 낀 남자는 나에게 말했어.

"우리에게 당신은 영적인 존재로 보여요. 불교에서 말하는 해탈이라는 것에 충분히 도전해볼 만해 보여요."

"그러면 어떻게 해야 하죠?"

"이 세상이 하나의 꿈이라고 생각해보세요. 그리고 이 꿈을 자각몽으로 만들기 위해 노력해보세요. 우리의 시각과 청각, 촉각 등은 모두 허구란 것을 받아들이세요. 우리가 살아가는 물질세계의 고통에 귀를 기울이지 마세요. 당신은 당신이

두려워하는 것을 현실에 그려내기 마련이에요. 당신의 삶에
고통이 그저 영화의 한 장면일 뿐이란 걸 받아들이세요. 명상을
통해 진정한 당신을 바라보세요."

제시는 나의 얼굴을 보고 웃으며 말했어.
"얘 얼굴 하얘진 것 좀 봐. 너 인제 그만 피워. 우리는 이제 저녁
먹으러 가야겠다."
다리가 후들거렸어. 제시는 나의 팔을 잡고 현관으로 향했지.
나는 현관에서 다시 한번 사자의 머리에 뱀의 몸을 한 그림을
바라보았어. 제시가 나의 팔을 잡아당겨서 우리는 바깥으로
나왔지. 이미 해가 졌더군. 나는 그녀의 차에 탄 후 그녀에게
물었어.
"뭐야, 몇 시간이나 지난 거야? 1시간 정도밖에 안 지난 것 같아."
그녀는 시동을 걸고 근처의 레스토랑으로 향했어. 그날은
나에게 특별한 날이었어. 내가 그들의 믿음에 완벽히 동의한다는
것은 아니지만 내가 보는 세상이 전부가 아니라는 것에는
동의할 수 있었어. 그것은 나에게 엄청난 힘을 주었지. 눈물이
나오는 극한의 고통이어도 만들어진 허구일 뿐이라는 그들의
의견이 좋았어.

나와 제시는 근처의 스테이크 하우스에 도착해 음식을

주문했지. 그녀는 음식들을 주문한 후 웃으며 나에게 말했어.

"오늘은 네가 사. 너는 '물질'들이 많잖아."

"너는 매주 저런 대화를 하는 거야? 일요일마다 저 사람들이랑 만나서? 뇌가 터질 것 같지 않아?"

"재밌잖아? 최소한 현실보다는."

나는 그때 제시가 왜 이리 현실에 늘 무덤덤하고 무신경한지 어느 정도 이해가 되었어. 우리는 식사를 마치고 집으로 돌아왔지. 그녀는 자기의 집으로, 나는 내 집으로 돌아왔어. 샤워를 마친 후 침대에 누워 천장을 바라본 채 가만히 누워 있었어. 그때 알았어. 나의 머릿속은 우주의 근원과 진리에 관한 질문으로 가득 채워져 있었어. 피해망상과 과거로 인한 고통 대신에 말이야.

나는 제시의 아름다운 계략에 미소가 지어졌어. 그때 생각했지. 그들의 말처럼 고통에 의연해야겠다고 말이야. 그들이 말한 데미우르고스나 세상이 시뮬레이션에 불과하다는 믿음들 때문이 아니라, 아직도 나를 사랑하는 사람들을 위해서 말이야.

다음날부터 나는 점점 변해갔어. 물론 다시 직장으로 돌아갈 수는 없었어. 그러나 복잡한 생각들이 들 때마다 나는 걱정을

할 필요가 없다는 걸 계속해서 되뇌었지. 세상에 두려움을
느끼거나 누군가에게 서운함을 느낄 때 나는 서운함 대신
그들에게 내가 무엇을 줄 수 있는지 생각하려고 노력했지.

매주 일요일 그들과의 만남은 즐거웠어. 고양이들과도
친해졌지. 그때쯤 다시 생각했지. 삶에는 여러 모습이 있다고
말이야. 남들에게는 신비로워 보일 수 있는 믿음을 갖고 사는
사람들이 있지. 아니면 지극히 평범해 보이는 삶을 살아가는
사람들도 있어. 인생은 원래 고통스러운 거니 상관이 없다는
삶. 고통스러운 인생을 전사처럼 강하게 이겨내며 살겠다는 삶.
또는 자신이 원하는 것을 위해 남을 해치며 살아가는 삶의 모습.
악의는 없다고 해도 남의 피를 마시며 살 수밖에 없는 삶 등.

겨울이 올 때까지 나는 모든 형태의 삶과 고통을 받아들이며
살았어.

나

내 삶의 마지막 파도에 대한 이야기를 들려줄게.

겨울이 왔어. 나는 추위가 두렵지 않았지.

일상에 감사함을 느끼며 살았으니까 말이야. 겨울에는 공원에
앉아서 석양을 바라보기가 쉽지 않아. 몸이 얼어붙을 만큼
추운 날 눈에 젖은 잔디에 앉기는 힘들거든.

인생에서 내가 이루고자 한 목적이 뭐였냐고 묻는다면 나는
간단하게 대답할 수 있어. 바로 따뜻한 봄날에 공원의 언덕에
앉아 석양에 녹아드는 것. 그러나 나는 외면하고 있었지. 나는
해변의 모래성으로 태어났다는 걸 말이야. 파도는 몰아치고
견고하던 모래성은 부서지고 말지. 파도는 멈추지 않아.
2023년의 겨울은 마지막 파도에 관한 이야기야.

제시의 도움으로 나는 강해졌어. 삶을 바라보는 관점이 점점
변해갔지. 힘든 시간은 나를 강하게 만든다는 생각. 포기하지만

않으면 어떻게든 살아진다는 생각. 고통에 나의 모든 것을
내어주지 말자는 생각. 그중 가장 아름다운 가르침은 모든 것은
결국 상관 없다는 거야. 나의 영혼에 찾아오는 모든 고뇌와
고통은 의미도 상관도 없어. 나는 어떠한 파도도 이겨낼 준비가
돼 있었지.
겨울이 다가와도 나의 일상은 달라지지 않았어. 매일 아침을
먹고 바깥으로 조깅을 하러 나섰지.

그날의 모든 것은 정확히 기억이 나. 흐린 날이었어. 흐리고
추운 날 나는 긴 조깅을 마친 후 집의 로비에 도착했어.
그곳에서 나는 우편함을 확인했어. 물론 그곳에 어떤
서류라든가 편지가 온 적은 한 번도 없었어. 어제까지는 말이야.
그날 나의 우편함에는 작은 USB가 하나 들어 있었어. 검은색과
빨간색으로 이루어진 8GB짜리 작은 USB. 나는 그것이 무엇인지
아무 예상도 걱정도 하지 않은 채 집으로 향했지.

집에 도착하니 날씨는 다시 맑아지더군. 후회했어. 조금만 더
기다렸다가 운동하러 나갈걸 하고 말이야. 옷을 벗어 던진
후 샤워했지. 보사노바를 들으며. 젖은 머리로 거실에 나와
노트북의 전원을 켜고 USB를 연결했어.
그곳에는 '1'이라는 제목의 동영상이 하나 있었어. 나는 동영상을

확인했어. 남미인지 동남아인지 정글 같은 배경에 한 여자가
손발이 묶인 채 무릎을 꿇고 있었어. 그녀의 인종으로 볼 때
그곳은 동남아였어. 30대 후반 정도의 아름다운 동남아 여성은
무릎을 꿇은 채 눈물을 흘리며 소리를 지르고 있었어.
~~그때 주변의 남자들은 그녀를 발로 차 쓰러뜨린 후 정글도를~~
~~이용해 그녀의 목을 계속해서 내려쳤어. 그렇게 참수가 된~~
~~그녀의 머리는 그녀의 몸 위에 놓였어. 그것이 영상의 전부였어.~~
나는 헛웃음이 났어.
뭐 하는 짓이지?
누가 보낸 거지?

11월의 겨울을 시작하기에 결코 좋은 내용은 아니었지.
나는 그 영상의 내용을 제시나 다른 친구들에게 이야기하지
않았어. 모두 나의 성장한 모습을 좋아해줬기 때문이야.
그들을 실망시키고 싶지 않았지.

2주가 지난 후 그날과 같은 하루를 보냈어. 운동을 끝낸 뒤
로비에 들러 나의 우편함을 확인했지. 그날 역시 같은 USB가
들어 있더군. 나는 그 안에 어떤 내용이 있을지 짐작하며
샤워했지. 샤워를 마친 후 노트북의 전원을 켜고 USB를
연결했어.

'2'라는 제목의 동영상이 있더군.

이번에는 한 가지 문제점이 있었어. 내가 영상 속의 인물이

누구인지 알고 있다는 거야. 동영상의 배경은 같았어.

정글에서 한 남자가 무릎을 꿇은 채 카메라를 바라보고 있었어.

나는 그 남자가 누군지 알 수 있었지.

내가 한국에서 모든 것을 청산하고 이곳에 올 때 누군가에게

마지막 부탁을 한 적이 있어. 바로 필리핀의 가이드 타오지.

그는 라이언의 밑에서 일을 했었지만 내가 해주었던

조언 때문이었을지 마약상의 삶을 떠나 시골에 숨어 가족과

행복하게 살고 있었어. 그러나 나는 그에게 100만 페소를 보내며

마지막 부탁을 했어. 바로 라이언을 제거해달라는 부탁이었지.

아마도 일이 제대로 풀리지 않은 모양이야.

동영상의 내용은 지난번보다 끔찍해졌더군. ~~그들은 가이드의~~

~~얼굴 가죽을 잘라낸 후 피가 범벅인 얼굴에 기름을 부어~~

~~불을 붙였어. 그런 고문에도 타오는 그들의 칼을 입으로 물며~~

~~저항하고 있었어. 쇼크로 죽지 않게 하기 위해 분명 마약을~~

~~투여했겠지. 마지막은 저번의 영상과 같았어. 정글도로~~

~~그의 목을 참수해 그의 몸 위에 올려두는 거로 끝이 났어.~~

나는 노트북을 덮고 침대에 누워 생각했지. 그제야 처음 왔던
동영상의 여자가 누구인지 알겠더라고. 타오는 필리핀에서 나와
함께 비행기를 기다릴 때 그의 아내 사진을 보여준 적이 있어.
그때 나는 타오에게 그녀가 정말 아름답다고 말했지.
그녀가 누구인지 기억이 났을 때 나는 다짐을 했어.
이번에는 도망을 가지 않겠다고 말이야.

11월의 네 번째 주, 그날 역시 나는 운동을 마친 후 로비에
들어섰지. 그날은 우편함을 열 필요도 없었어. 로비에 앉아
있는 익숙한 얼굴을 볼 수가 있었거든. 제시와 그녀의 친구들을
만나러 가던 첫날 로비에서 마주친 남자.
검은 셔츠에 검은 슈트, 검은 구두.
그는 그날과 똑같이 입고 그곳에 앉아 있더군.
장갑은 끼지 않았어. 그의 손등에 새겨진 문신을 볼 수 있었어.
나는 스페인어를 몰라서 그 글자가 무슨 뜻인지 알 수는 없었어.
나는 그의 앞에 앉았지. 그는 선글라스를 벗으며 인사를 했어.
미소를 지으며. 마치 보험설계사이거나
영업을 하러 온 사람처럼 말이야.

"안녕하세요."
"네."

"어째서 일이 이렇게까지 되었는지를 먼저 설명해줄까요?
아니면 결론을 먼저 이야기해줄까요."
"결론을 먼저 이야기해보세요."
"새해가 오기 전에 그쪽이 스스로 목숨을 끊어줬으면 해요.
그러면 윈윈이거든요."

나는 그의 제안을 들으며 아무렇지도 않았어. 제시와 그녀의
친구들과 나누었던 철학적인 대화들 때문이 아니었어. 그의
눈을 바라볼수록 과거의 내가 돌아왔음을 느낄 수 있었거든.
과거의 나는 사람들의 목숨을 앗는 게 전혀 어렵지 않았어.
나의 목숨에 미련이 없었으니까 말이야. 나는 그에게 물었어.

"그러면 이번엔 그쪽에 관해서 설명해보세요."
"저는 멕시코에서 자랐어요. 나이는… 그쪽이랑 비슷하겠네요.
우리 마을에는 카르텔들이 온갖 난리를 쳤죠. 동네에서는 매일
밤 총소리가 들렸어요. 그곳에서 목숨이라는 건 별로 가치가
없는 것이었죠. 총소리가 들리면 저는 그저 생각했어요.
내일 학교 가는 길에 시체가 없었으면 좋겠다고."

"부모님은 없었나요?"
"있었죠. 열심히 일하시는 분들이었어요. 하루는 마을 사람들이

카르텔들의 폭력에 못 이겨서 스스로 조직을 만들었어요.
경찰서를 털어서 총을 훔쳐 왔죠. 마치 민병대와 같았어요.
민병대의 사람들은 돈이 필요했죠. 9시에 출근한 후 저녁 5시에
카르텔과 싸울 수는 없으니까 말이죠. 무슨 말인지 알죠?"
"네. 잘 알죠."

"아무튼 마을은 더 어지러워졌죠. 마을 사람들은 카르텔의
마약을 빼앗아 팔기 시작했어요. 사람들은 훨씬 많이
죽어나갔죠.
그때 부모님은 그제야 그곳이 아이를 키울 곳이 아니라는
생각이 들었나봐요. 조금 늦게 들은 것 같죠?"
그는 웃으면서 그의 이야기를 이어갔어.

"어쨌든 어린 나와 어머니, 아버지는 몸에 약들을 휘감고
카르텔의 도움으로 미국에 밀입국할 수 있었어요. 텍사스에
도착한 가족은 새로운 출발을 해야 했죠. 하루는 아버지가
우리 몸에 감아 온 물건을 처리하고 온다고 밖으로 나가셨어요.
다시는 돌아오지 않으셨죠. 뭐, 불만은 없어요."

"그때, 아이였을 때 들은 생각이 뭔지 알아요? 귀신 들린 집에
대한 영화들 있잖아요? 그런 영화에서 상투적인 게 뭐냐면

집에서 도망을 쳐 나와도 귀신들이 꼭 따라와요. 아무튼 어릴

때 그런 기분이 들었어요. 마을에는 백인들도 많고 길에 시체도

없는 새로운 세상에 왔는데도 아버지를 잃는 나쁜 경우를 겪게

된 거죠."

나는 그의 이야기에 공감할 수 있었어. 도망을 쳐도 귀신이

쫓아온다는 이야기 말이야. 그는 이야기를 이어갔어.

"그래도 열심히 일한 강한 라틴 어머니와 온갖 빚더미들의

도움으로 대학을 나올 수 있었죠. 변호사 라이센스를 따면서

범죄 심리학을 동시에 전공했어요. 졸업하며 저는 세상에 발을

디딜 준비가 되었어요. 그래도… 뭔가 한번은 뒤를 돌아봐야

할 것 같더라고요. 저는 제가 자란 마을을 다시 찾아갔죠.

글쎄 혹시 그곳에 아버지가 있지는 않을까 기적을 바랐을지,

아니면 나 자신이 누구인지 잊고 싶지 않아서일까요."

"그때부터 일이 꼬였겠네요?"

"그렇죠. 어렸을 때 삼촌이라고 불렸던 동네의 어른들은

카르텔에 대적하는 민병대에 가입했죠. 그리고 그 민병대는

새로운 카르텔이 되었어요. 매일 사람의 목을 자르고 경찰과

정치인들의 시체를 다리에 걸어두는 사람들. 그들이 제가

삼촌이라 부르던 사람들이에요."

나는 그의 말을 끊고 이야기했어.

"카르텔에서 온 사람이라는 이야기를 이렇게 길게 들은 건
살면서 처음이에요."

그는 웃으며 대답했어.

"그렇네요. 아무튼 저에 대하여 알고 싶어하실 것 같아서
말씀드렸어요. 어쨌든 당신이 필리핀의 라이언을 죽여버린
덕분에 우리 물건이 말레이시아와 필리핀에서 멈춘 지 3년이
지났어요. 중국과 일본, 한국에 들어가야 할 물건들 말이에요."

"왜 이제서야 찾아온 거죠?"

"이제서야 찾았으니까요."

"1년이 흐르고 2년이 흐르고 우리는 필리핀을 다시
찾아갔어요. 지난 일은 잊고 새로운 루트를 구해야 했으니까요.
미국이 코카인을 소비하기에는 점점 가난해지고 있더군요.
월스트리트에만 팔 수도 없는 노릇이었죠. 한국에선 그 어떤
금은보화보다 훨씬 비싼데 말이죠. 그런데 우리가 필리핀에서
누구를 만났을까요? 동영상 2번의 남자예요."

그때서야 나는 일들이 어떻게 되었는지 대충 짐작이 가더군.
타오는 나의 돈으로 라이언을 죽인 거야. 그러나 그 후, 그는
그가 살던 시골로 돌아가지 않은 거지. 그의 아내와 아이에게

돌아가지 않고 라이언이 갖고 있던 약을 모두 소유하기로
마음을 먹은 거야. 그때 멕시코에서 온 이 남자는 그를 보고
생각했겠지.
'너는 누군데 우리 물건을 다 가지고 있지?'

까마귀만큼 검은 옷을 입은 그 남자는 멕시코에 돌아가
그의 '삼촌'들에게 이야기를 한 거지. 나는 이해가 가지 않는
부분들을 그에게 물어볼 수밖에 없었어.
"그런데 두 가지의 질문이 있어요. 첫째는 동영상을 보며
생각이 든 건데, 왜 이렇게 잔인해야 하죠? 그냥 명예롭게 쉽게
목숨을 끊어줄 수도 있는 거 아닌가요? 그리고 두 번째 질문은
3년이 넘는 시간이 흘렀어요. 왜 새로운 루트로 진행되는 일들에
차질을 끼치면서까지 늦은 복수를 완성하려 하죠?"

"두 가지 질문에 대답은 같아요. 바로 '돈'이에요."
"결국 그거예요? 돈? 너무 간단한 대답 아니에요?"
"하나도 간단하지 않아요. 우리가 얘기하는 돈은 그냥 '돈'이
아니에요. 우리는 아주 많은 돈에 대하여 이야기하는 거예요.
그쪽은 잘 알잖아요. 우리가 약들로 얼마나 많은 돈을 벌 수
있는지. 절대 적은 돈이 아니에요. 약이 만든 돈 위에서 사는
세상은 성경에 나오는 천국과도 같아요. 알잖아요. 그런데 누가

우리의 천국에 침입하려 하거나 천국의 물건들을 훔치려고
한다면 얼굴 가죽을 벗기든, 전기톱으로 사지를 분해하든,
다시는 우리의 땅에 발을 디딜 생각을 못하게 해야죠."

"돈을 돌려준다고 해결될 문제는 아닌가보네요."
"아쉽게도 그렇죠. 돈을 돌려준다고 해결이 되어버린다면 다른
이들이 어떻게 생각하겠어요? '우리도 쟤네 물건 한번 훔쳐보자.
최악의 상황이면 돌려주면 그만이잖아.'
생각만 해도 끔찍하네요. 심지어 돌려주지 않으셔도 돼요.
그쪽이 번 건 필리핀의 남자가 따로 갖다 판 거랑 뭐 크게
상관이 없으니까요."

"그러면 결국 저한테서 얻을 수 있는 건 제 목숨뿐이네요?"
"안타깝게도 그렇게 되네요."
"어차피 본보기로 죽여야 한다면 왜 동영상들의 내용처럼
저를 잔인하게 죽이지 않는 거죠? 스스로 목숨을 끊으라니
이건 뭐 하는 거죠?"
"그거는 사적인 이유라고 할게요."
"사적인 이유요? 무슨 이유요?"
"뭐, 사적인 이야기들은 부끄러우니 길게 이야기하지 않겠지만
최대한 간단히 이야기하죠. 당신의 이야기를 듣고 당신의

사진들을 보면서 저 자신을 보는 것 같더라고요.

우리는 너무 닮았어요."

"우리는 하나도 같지 않아요."

그는 나에게 물었어.

"그러면 얘기해보세요. 얼마나 다른지."

나는 생각했어. 무엇이 우리를 이곳에 오게 만들었나,

무엇이 우리를 우리로 만들었나. 그에게 말했지.

"당신처럼 목숨의 위협을 느끼며 살아야 하는 유년기는 보내지

않았어요. 아버지는 알콜 중독자셨죠. 매일 밤 술에 취해 집에

와 어머니를 괴롭혔어요. 아버지가 술에 취해 폭력을 휘두르는

밤을 피했다고 모든 것이 끝난 건 아니었어요.

다음날 아침, 어머니는 자신의 인생이 불행한 건

저의 탓이라며 저를 늘 괴롭혔죠.

사회의 가장 작은 단위인 가정에서도 약육강식의 피라미드가

있었어요. 부모님이 저에게 원한 것은 한 가지밖에 없었어요.

내가 죽는 것 말이에요."

"그들은 지금 죽었나요?"

"다행히도, 네."

"정말 다행이네요."

"고마워요."

"중학생이 될 즈음부터인가 깨달은 것 같아요. 집 안에서
일어나는 악순환이 나의 노력으로 고칠 수 있는 것이
아니라는걸요.
결국 피했죠. 집 밖에 앉아 창문에 불이 꺼지면 들어가길
반복했어요. 밤늦게까지 같이 밖에서 놀 수 있는 친구들은 모두
사고 치는 걸 좋아하는 친구들뿐이더군요."

"어떤 사고요?"
"뻔하죠. 훔치고 뺏고 때리고. 술에 취한 아버지와 비슷한
행동들이죠. 분노를 어딘가에 풀어야 했어요. 15살 아이가
부처님도 아니고, 부모의 폭력을 받으며 명상하며 화를
삭였을까요? 그들에게도 이유가 있겠지, 이해해야겠다고
생각했을까요? 아니죠. 경찰서에 가는 날도 잦았어요.
다른 친구들이 검찰청에 소환될 때 저는 다른 곳에 불려갔어요.
정신병원이었죠. 의사는 저에게 물었어요. 나에게 맞은
아이들에게 미안함을 느끼는지. 저는 대답했죠. 느끼겠냐고요.
의사는 저에게 반사회적 인격장애라는 이야기를 하더군요."

나는 이야기를 이어가던 중 그의 눈 옆의 상처를 바라보았어.
그의 상처는 그것만이 아니었겠지. 나는 그에게 말했어.
"당신이 겪어온 것들에 비하면 아무것도 아니죠."

"당신보다 더 슬픈 사람이 있다고 해서 당신이 슬플 자격이 없는
건 아니죠. 게다가 누가 알아요. 술에 취한 아버지에게 폭력을
당한 당신의 눈물이 총소리에 귀를 막는 나의 눈물보다 더욱
진했을지요."

그의 따뜻한 답변에 웃음이 나더군. 나는 대답했어.
"그렇죠. 나보다 더 행복한 사람이 있다고 해서
내가 행복하지 않을 이유는 없으니까요."
"아버지처럼 되시지는 않았네요. 그걸로 충분히 가치 있지
않아요?"
"맞아요. 몇 가지 지키고 싶던 게 있죠. 나쁜 놈들은 다 각자
다른 방식으로 나쁜 놈들이지만, 저는 지키고 싶던 게 있었어요.
적어도 나 자신에게는 거짓말하지 않기, 무슨 일이 있어도
나의 부모처럼 되지는 않기, 술과 같은 중독도 이겨내지 못하는
나약한 사람이 되지 않기."

과거 저수지 앞에서 경찰을 죽이던 날을 떠올렸어.
아니 경찰뿐만 아니라 내가 죽인 모두를 떠올렸어.
나는 그때 생각했지. 내가 아무리 새로운 삶을 시작한다고 해도
불공평하지. 그렇게 많은 사람을 죽여놓고 나는 새롭게,
평화롭게 살아가겠다니. 나는 그에게 질문을 했어.

"혹시 저에게 스스로 목숨을 끊으라는 이유에 명예라는 요소도
포함이 되나요?"

"당연하죠. 역시 저와 닮았네요. 게다가 스스로 목숨을 끊으시면
우리는 경찰한테 괴롭힘을 당할 일도 없고, 당신을 죽인다고
힘도 안 써도 되고 현실적인 이유로도 윈윈이잖아요."

"제가 맞서 싸운다면요?"

"지금 당신은 누구죠? 전직 골동품 상점 직원인가요?
제 말을 믿어주세요. 당신은 우리와 싸워서 절대 이길 수
없어요. 너무나도 많은 것을 잃을 거예요."

"잃을 게 없다고 하면요?"

"천만에, 잃을 게 얼마나 많았는지 알게 될 거예요."

나는 자리에서 일어나며 내가 갖고 있던 핸드폰을 그에게
건넸어. 그는 물었지.

"이건 뭐죠?"

"제가 연락드릴게요. 어떤 대답을 드릴지."

"재밌네요. 원래 일하는 방식이 이렇지는 않지만, 답변
기다릴게요."

나와 그는 미소를 지으며 악수했어. 그는 선글라스를 다시 쓴 후
로비의 문을 열고 밖으로 나갔어. 세상에, 그와 대화를 끝낸 후
엘리베이터를 통해 집으로 가는데 그런 생각이 들더군.

'믿을 수 없이 합리적이네.'

그는 무척 합리적인 남자였어. 나처럼 말이야. 처음에는
부정했지만 새로운 삶을 향해 도망을 갔던 것도 나와 비슷했어.
대학을 나온 후 다시 한번 똥통으로 돌아간 것도 그랬지.
그의 제안을 거절할 이유가 없었어. 그가 맞았거든. 그들과
싸워서 이긴다는 건 말도 안 되는 이야기였어.

게다가 나는 애나와 함께 킬러들을 고용해 사람을 죽이던 그
남자가 아니야. 그의 말대로 전직 골동품 상점 직원에 불과하지.
그의 말을 듣지 않을 이유가 없었어. 한 가지만 빼고 말이야.
자존심이 상했어. 합리적이지 못한 선택이지. 그러나 그 선택을
했어. 그에게 건넨 나의 핸드폰을 이용해 나는 늘 쉽게 그의
위치를 추적할 수 있었어. 그는 늘 모텔이 아니면 스트립 클럽에
있었어. 총을 구해야 했어. 나는 누가 총을 갖고 있을지 알았지.

그날 밤 나는 내가 주먹으로 코를 부러뜨린 남자가 있을 곳으로
찾아갔지. 클럽의 흡연 구역 그 옆의 주차장. 그곳에서 나와
실랑이를 벌였던 남자는 그날도 같은 자리에서 약을 팔고
있었지. 나와 작은 논쟁을 벌인 이후로 그가 총을 갖고 다닐 건
확신했어. 그가 나에게 직접 말했거든. 다음에 만나면 머리에

구멍을 내줄 거라고.

내가 그곳의 주차장에 나타나자마자 그는 나에게 총을
겨누더군. 회색 후드를 뒤집어 쓴 흑인 남자. 총을 나의 이마에
겨누어도
나는 겁을 먹을 이유가 없었어. 이미 죽은 목숨이나 다름이
없었으니까. 그는 화를 참을 수 없는 듯 나에게 말했어.
"여기서 뭐 하는 거야. 다음에 만나면 내가 어떻게 한다고 했지?"
"죽여버린다고 했지. 그런데 오늘은 죽으려고 온 것도 아니고
싸우려고 온 것도 아니야."
"말장난하는 거야? 아니면 너도 약 사러 온 거야? 그냥 꺼져.
죽여버리기 전에."
나는 그에게 100달러 뭉치로 엮인 2천 달러를 건넸어. 그는 총을
내린 후 당혹스러움을 감추지 못했어.

"뭐 하자는 거야. 2천 달러어치 약을 사러 온 거야? 동네 클럽
주차장에?"
"아니. 네가 들고 있는 총을 사러 온 거야."
"바보인 거야 아니면 정신병자인 거야. 나는 그냥 네 손에 있는
현찰을 뺏고 돌아서도 너는 아무것도 못해. 게다가 너에게
순순히 총을 건네면 네가 나한테 총을 쏠지 어떻게 알아? 다시

돈을 챙기려고 말이야. 미친놈도 이런 미친놈은 처음 보네."

"너는 아마 나를 죽이지도, 나의 돈을 뺏지도 못할 거야."

그는 웃으며 다시 권총을 나의 이마에 갖다 댔어. 그는 물었지.
"왜지? 내가 왜 널 못 죽일 거라고 생각하는 거지?"
"지난번 내가 너의 얼굴에 주먹을 날렸을 때 너의 주머니에서
코카인 한 봉지가 떨어져 나오더군. 네가 말단 하선에서 팔고
있는 코카인을 만든 사람들 알지?"
"경찰이야? 내가 어떻게 알아. 이게 어디서 굴러온 건지."
"카르텔이야. 로스 제타스. 어쨌든 그들은 이번 달 안에 나의
아파트를 찾아와 나를 죽일 거야. 그리고 책상 위 너의 코카인
봉지를 발견하겠지."
그의 얼굴에서 웃음기가 사라졌어. 그는 총구를 돌린 후 권총을
나에게 내밀었어.
"네가 무슨 소리 하는지 하나도 모르겠으니까 이거 받고 꺼져.
돈이고 뭐고 관심도 없고, 너하고 엮이기는 더욱 싫으니까."

나는 그렇게 권총을 받은 후 집으로 돌아왔어. 나는 안전장치와
총알을 확인했어. 아쉽게도 시험을 해볼 방법은 없었지.
그가 나에게 총을 겨눴을 때도 겁이 나지 않았어. 카르텔이
나의 목숨을 노리고 있다는 사실에도 겁이 나지 않았어. 게다가

그들을 저격할 거라는 나의 계획도 나를 겁나게 하지 않았지.
하지만 그날, 나의 심장을 미치도록 뛰게 만든 일이 있어.
사소한 일이었지. 누군가 노크를 하더군. 나는 권총을 급하게
서랍에 집어넣고 문을 열었어. 제시였어. 그녀는 조금 취해
보였지만 평소와 크게 다른 건 없었어. 그녀는 내게 물었어.

"별일 없어?"
"별일 없지."
"그래. 그럼 잘 자."
그렇게 그녀는 자기 방으로 돌아갔어. 나는 문 앞에 주저앉았어.
그녀는 나의 새로운 삶, 밝은 세상의 상징이야. 그녀가 나에게
별일이 없냐고 묻는 건 나에게는 혼란 그 자체였어. 무슨 일이
있어도 나의 가장 친한 친구를 배신하고 싶지는 않았지.

12월의 둘째 주가 되었을 때 나는 검은 옷을 입은 남자의 위치를
확인했어. 근처의 스트립 클럽에 있었어. 그때 나는 생각했던 것
같아. 정말로 새해가 올 때까지 이곳을 떠나지 않을 생각이구나.
새해가 오기 전, 내가 죽을 때까지 이곳을 떠나지 않을
생각이구나. 나는 2천 불짜리 싸구려 중고차를 몰고
스트립 클럽으로 향했지.

그곳의 주차장에 도착했을 때 나는 많은 생각을 했어.

내가 이 남자를 죽임으로써 얻는 게 뭐가 있는지 말이야.

더 이상 도망을 갈 곳도 없었어. 게다가 나 자신에게 약속했지.

더 이상 도망치지 않겠다고 말이야. 이 남자를 죽인다고 해도

나는 결국에는 죽을 거야. 즉, 이곳에서 그를 기다린 후 그에게

총을 쏘는 건 내가 할 수 있는 가장 비합리적인 행동이었지.

나는 그게 이성적이지 못한 행동인 건 이미 알고 있었어.

그렇지만 내가 갖고 있던 계획은 권총과 싸구려 차를 몰고

이곳 주차장에서 그를 쏘는 거였어. 옳고 그름의 문제가 아니야.

계획이라면 계획대로 되어야 하는 거야.

검은 옷의 남자와 그의 친구들이 클럽의 문을 열고 주차장으로

걸어왔어. 그를 포함해 4명의 남자. 모두 라틴 계열의 키가 크고

잘생긴 남자들이었어. 기름진 머리에 정장을 입고 술에 취해

비틀거리고 있었어. 검은 옷의 남자는 차에 타기 전 문 앞에서

담배를 입에 물었어. 이보다 더 좋은 기회는 없었지.

나는 시동을 걸고 차의 기어를 D에 둔 후 그들의 옆으로 차를

몰았어. 조수석의 창문을 내린 후 3명의 남자의 가슴에

정확히 3발, 한 발씩 정확한 사격을 끝냈어. 검은 옷의 남자를

제외하고 말이야. 동네 마약상이 사용하는 권총이 고장 없이

제대로 작동할 거란 생각은 나의 착오였지.

나는 액셀을 밟고 그곳을 빠져나왔지. 계속해서 룸미러로 뒤를
돌아보았어. 아무도 쫓아오지 않았어. 나는 집에서 걸어서
3시간 거리의 주 경계의 풀숲에 차를 둔 후 집으로 걸어왔어.
군대에서 행군할 때 겪었던 고통을 다시 느꼈지. 아침이 될 무렵
잠이 들었지. 더 이상 핸드폰으로 그 남자의 위치를 추적할 수
없었어. 그가 화가 났을지 아니면 다른 어떤 반응을 보일지
그 무엇도 알 수 없었지.

일주일이라는 시간을 방 안에 숨어서 보냈어. 어떤 전화나
문자도 받지 않았지. 3일째가 되었을 때부터 나는 걱정했어.
제시가 내 집으로 찾아올 게 뻔했거든. 그녀에게 어떻게
거짓말을 해야 하나 고민했어. 5일째가 되면서는 다른 걱정이
생겼지. 제시가 그 긴 시간 동안 문자 한 통 보내지 않은 적은
없었거든. 그녀에게 연락이 오면 어떡하나 하는 걱정은
왜 그녀에게서 연락이 오지 않는지로 바뀌었어. 그리고 7일째,
전화가 왔지. 나는 집에서 나와야 했어.

택시를 타고 병원으로 달려갔지. 병원의 문 앞에서 울며 담배를
피우던 이웃들은 그녀가 교통사고를 당했다고 말해주었어.

나는 병원 침대에 누워 있는 제시의 모습을 바라보았어.
의식이 없는 그녀를 두고 나는 그녀의 의사에게 달려갔지.
의사는 그렇게 큰 걱정은 하지 않아도 된다고 말했지.
그때 나는 안도의 숨을 내쉬었어. 의사는 말했어.

"제가 경찰은 아니지만, CCTV가 없는 곳에서 브레이크도
밟지 않고 인도 위로 올라와서 차로 치었다는 거는
꽤 의도적이라고 보이네요. 그런데 의문이에요. 아주 큰 차를
이용한 것도 아니고 아주 빠른 속도로 들이받은 것도 아닌 것이
마치 추적해서 의도적으로 받은 것 같으니 이해가 되지 않아요.
아마 그저 그녀가 다치기를 바랐을 수도 있겠네요."
의사는 다행히 그녀가 크리스마스에는 퇴원할 수 있을 거라고
말해줬어. 나는 검은 옷의 남자가 했던 말들이 기억이 났어.

"잃을 게 얼마나 많은지 알게 될 거예요."
"귀신이 나오는 집에서 도망쳐도 귀신이 따라오는 그런 영화들
알죠?"
이제는 합의점을 찾아야 했지. 사람을 얼마나 죽이며
살아왔는지 모르겠어. 그러니 나의 목숨 하나가 더 귀하다는 건
말이 안 되지.

12월의 셋째 주, 크리스마스가 코앞으로 다가왔어.

아직은 제시를 병원에 둔 채 집에 도착한 나는 로비에 앉아 있는 그 남자를 볼 수 있었어. 날이 추워진 만큼 검은 코트를 입고 있더군. 검은 장갑을 끼고 말이야. 그는 미소를 지으며 나에게 의자에 앉기를 권했어. 나는 앉았지. 다른 방법이 없잖아? 그가 나에게 말했어.

"일어나고 있는 모든 일에 유감이에요. 그래도 나는 당신을 원망 안 해요."

"나도 당신을 원망 안 해요."

"당신의 친구를 차로 치어 미안해요."

"당신의 친구들을 총으로 쏴서 미안해요."

우리는 눈이 내리는 밤, 로비에 앉아 서로를 쳐다보며 대화했어. 그는 나에게 물었어.

"그러면 합의가 된 거죠?"

"그렇게 보이네요."

"그래요. 아쉽네요. 다른 세상에서는 우리가 친구가 되었을 수도 있다고 생각했어요."

"당신과 비슷한 친구들은 이미 있었어요. 내 손으로 다 죽였고요."

"그러면 친구가 안 된 게 다행이네요. 이게 우리에게 주어진 최선의 관계네요."

그는 주머니에서 담배를 꺼내 불을 붙였어.
나에게도 하나 권했지. 나는 그에게 말했어.
"여기는 금연구역이에요."
"지금 그럴 때가 아니잖아요."
"그렇네요."
우리는 로비에서 담배를 피우며 잡담을 나눴어.
나는 그에게 물었지.

"이 세상이 시뮬레이션이면 어떨 것 같아요?"
"시뮬레이션이요?"
"네. 마치 게임처럼. 아니면 꿈처럼."
"그런데 맛있는 음식을 먹으면 기분이 좋은데요?
총에 맞으면 존나게 아프죠. 그래도 그게 중요한가요?"
"그렇네요. 꿈이든 시뮬레이션이든 상관이 없네요.
만약에 스무 살로 돌아가면 뭐 할 거예요?"
"글쎄요. 과거로 돌아가기는 싫어요. 제가 겪은 고통과는
다른 형태의 고통을 겪겠죠. 제가 고통을 잘 참는 편이긴 한데,
그래도 과거로 돌아가지는 않을래요."

왜일까? 그가 나의 가장 가까운 친구라는 생각이 들기도 했어.
나는 그에게 물었지.

"지금 본인이 아주 빠르게 달리는 기차 안에 있다고 쳐봐요.
그때 제자리에서 점프하면 뛴 곳보다 조금 뒤에 떨어질까요?"

"왜 조금 뒤에 떨어지죠?"

"그야 당신은 뛰어 있는 동안 공중에 있고 기차는 계속
움직였으니까요."

"처음부터 안 뛰면 안 돼요? 기차에 안 타거나.
어차피 내가 운전을 할 수 있는 것도 아닌데요 뭐."

그는 장갑을 끼고 있었지만 나는 그의 손등에 문신이 있던 게
기억이 났어. 그에게 물었지.

"손등에 문신은 무슨 뜻이에요?"

"행복을 좇는 길을 걷고 있다면 이미 잘못된 길에 있다는
뜻이에요."

"그게 무슨 뜻이에요? 행복을 추구하면 안 된다는 거예요?"

"아니요. 그렇다기보다는 행복은 좇는 거라기보단 이미
나 자신 안에 있는 행복을 찾는 게 맞다는 뜻일 거예요."

그를 다른 시간, 다른 공간에서 먼저 만났다면 좋았겠다고
생각했어. 나의 죽음이 가까워졌음을 느꼈어. 미래엔 그도

이런 방식의 죽음을 피할 수 없을 거야. 그때는 이 남자도
본인만큼 자비로운 남자를 만나길 바랄 뿐이야.

우리는 알고 있었지.

시체가 되어버릴 두 남자일 뿐이야. 모욕적으로 명예를 앗아갈
이유는 없잖아? 그는 나에게 물었어.

"사람이 죽을 때 누군가 그 사람의 영혼을 거두러 온다고
하잖아요? 왜 서양에는 사신이 있고, 다른 문화권에서도
죽었을 때 데리러 오는 사람이 있죠. 동양에도 있죠?"

"네. 검은 옷을 입고 찾아오는 존재가 있죠."

"나도 언젠가는 강 건너편으로 향하는 배에 타겠죠.
당신은 뱃사공에게 당신의 이야기를 들려줄래요?"

"그가 물어봤나요?"

"아니요."

"그럼 안 할래요."

나는 자리에서 일어나며 그에게 말했어.

"크리스마스까지는 시간을 주실 수 있죠?"

"네. 어차피 새해까지라고 했으니까요. 왜요? 뭐 할 게 있나요?"

"네. 밀린 일기나 써보려고요."

"얼마나 밀렸는데요?"

"아주 많이요."

그 역시도 자리에서 일어나 로비 밖으로 나갈 채비를 했어.
그는 장갑을 벗으며 나에게 악수를 청했지. 그의 손은 정말로
따뜻했어. 그는 웃으며 말했어.
"메리 크리스마스."
그렇게 그는 로비의 문을 열고 떠났지. 나는 엘리베이터를 탄 후
나의 보금자리로 돌아왔어.

나는 의자에 앉아 테이블 위 노트북의 전원을 켰어. 며칠 동안
의자에만 앉아 대학의 여름부터 있었던 일들을 적어내려갔지.
크리스마스가 올 때까지 말이야. 오늘이 올 때까지.
무더운 여름, 대학 시절부터 시작된 잘못된 선택들은
오늘 눈이 내리는 크리스마스에 끝이 나게 되는 거야.
그저 자유로워지고 싶었어. 모든 것으로부터 자유로워지면
행복할 줄 알았지. 그러나 나 자신으로부터 자유로워져야
한다는 걸 까먹었던 거야. 행복 또한 이미 나의 안에 깃들어
있다는 걸 몰랐던 거고. 누가 알려줬으면 달라졌을까?

이제는 로프를 꺼낼 차례야. 윤아의 따뜻함이 남아 있는 로프.
로프의 매듭을 묶으며 가슴속에 느껴지는 망설임은 뒤로
미루기로 했어. 떠나버린 모든 친구들을 위해서.
유서라기에는 길고 자서전이라기엔 짧겠지.

누가 나의 이야기를 들어줄지는 모르겠어. 아마 평생 모르겠지.
이제는 천장의 로프를 향해 의자에 올라설 준비가 됐어.
떨리는 다리, 나의 몸은 내 선택에 동의하지 않나봐.

그래도 마치 내가 인생의 선배인 듯 내 말이 다 맞다는 것처럼
이야기하고 싶지는 않아. 나의 실수를 이해해달라는 것도
아니야. 그냥 나의 기분이 어땠는지 이야기한 것뿐이야.
눈이 내리네. 모두들 좋은 크리스마스를 보냈으면 좋겠어.

〈끝〉